MEDIATOR

Tome 3
Le bal des spectres

Meg Cabot

MEDIATOR

Tome 3
Le bal des spectres

Traduit de l'anglais (États-Unis) par Lila Bercérade

HACHETTE
Jeunesse

Dans la série « Mediator »

1. Terre d'ombre

2. Le neuvième arcane

3. Le bal des spectres

Tome 4 à paraître

Site officiel de l'auteur : www.megcabot.com

L'édition originale de cet ouvrage a paru chez Avon Books,
an imprint of HarperCollinsPublishers, sous le titre :

The Mediator : Reunion

Hachette Livre, 43 quai de Grenelle, 75015 Paris.

En mémoire de J.V. C.

1

— Voilà ce que j'appelle prendre son pied, a lancé Gina.

Impossible de la contredire. Nous étions allongées sur la plage de Carmel, en bikini, sous les doux rayons du soleil. Difficile de croire, avec un ciel aussi éclatant, que ce n'était que le mois de mars. Mais c'est comme ça en Californie.

— Je suis sérieuse, a repris Gina. Je ne sais pas comment tu fais.

J'avais les yeux fermés. De gigantesques canettes de Coca-Cola Light dansaient dans ma tête. Si seulement il y avait des serveurs sur la plage. C'était la seule chose qui manquait, la seule. Nous avions déjà englouti tous les sodas de la glacière, et il y avait une sacrée trotte, sans parler de la tripotée de marches, pour atteindre la supérette Chez Jimmy.

— Comment je fais quoi ? ai-je murmuré.

— Aller au bahut, a-t-elle répondu. Avec cette plage de folie à moins de deux kilomètres.

— C'est loin d'être facile, ai-je reconnu, les paupières toujours closes. Mais décrocher son bac est toujours considéré comme l'un des plus grands accomplissements d'une vie. Apparemment, sans lui, impossible d'obtenir le super boulot de serveuse au Starbucks auquel je postulerai à la fin du lycée.

— Sérieusement, Suze.

Je l'ai sentie s'agiter à côté de moi, et j'ai ouvert les yeux. Appuyée sur ses coudes, elle scrutait la plage à travers ses Ray-Ban.

— Comment tu peux *résister* à ça ?

Comment ? C'est vrai que c'était sublime. Le Pacifique s'étirait à perte de vue, le turquoise virant au bleu marine en atteignant l'horizon. Les vagues, impressionnantes, projetaient les surfeurs et les bodyboarders dans les airs, comme des morceaux de bois, avant de venir se briser sur le sable doré. À notre droite s'élevaient les falaises verdoyantes de Pebble Beach. À gauche, d'énormes rochers envahis par les phoques séparaient la plage de Big Sur, une portion de la côte particulièrement accidentée.

Le tout baigné de soleil. Ce dernier avait chassé la brume matinale qui menaçait de gâcher notre journée. C'était parfait. Le paradis.

Si seulement quelqu'un avait pu m'apporter à boire.

— Oh mon Dieu, mate-moi ça !

Gina a baissé ses lunettes pour regarder par-dessus la monture. Derrière mes Donna Karan en écaille, mes yeux ont suivi les siens. Le sauveteur, juché sur son perchoir à quelques mètres de nous, venait de bondir, son flotteur orange à la main. Il a atterri avec une grâce féline sur le sable avant de s'élancer vers les vagues. Ses muscles tressaillaient sous sa peau bronzée, ses longs cheveux blonds ondulaient derrière lui.

Les touristes se sont mis en quête de leur appareil photo, tandis que ceux qui lézardaient au soleil se redressaient pour avoir une meilleure vue. Les mouettes, effrayées, s'égaillaient, et les promeneurs s'écartaient au passage du sauveteur. Son corps svelte et musculeux a décrit un arc parfait avant de plonger dans les vagues. Il est remonté à la surface quelques mètres plus loin et s'est dirigé rapidement vers un gosse entraîné par le courant.

Je me suis bien marrée quand j'ai découvert que le gosse en question n'était autre que Stone, l'un de mes demi-frères, qui nous avait accompagnées à la plage cet après-midi-là. J'ai immédiatement reconnu sa voix : une fois ramené à la surface, il s'est mis à injurier copieusement son sauveteur qui l'avait, en lui portant secours, ridiculisé devant ses potes.

Le sauveteur l'a agoni d'insultes en retour. Ça m'a fait chaud au cœur.

Gina, qui avait observé la scène avec attention, a lâché d'un air détaché :

— Quel couillon.

À l'évidence, elle n'avait pas reconnu la victime. Gina avait décrété, à mon grand étonnement, que j'étais incroyablement vernie d'avoir des demi-frères aussi « cool ». Le compliment visait également Stone, apparemment.

Gina n'a jamais eu beaucoup de jugeote quand il s'agit de la gent masculine.

Elle a soupiré et s'est rallongée sur sa serviette.

— C'est vraiment désagréable d'être dérangé de la sorte, a-t-elle dit en remontant ses lunettes sur son nez. Mais j'ai apprécié le moment où le sauveteur sexy passait devant nous en courant.

Quelques minutes plus tard, ledit sauveteur remontait dans notre direction, tout aussi séduisant avec les cheveux mouillés. Il s'est hissé au sommet de sa tour, a prononcé quelques mots dans sa radio – probablement pour alerter ses collègues au sujet de Stone : « Attention ! Surveillez l'hurluberlu en maillot de bain qui cherche à impressionner la meilleure amie de sa demi-sœur, de passage en Californie » – puis s'est remis à scruter les vagues à la recherche d'éventuels baigneurs en danger.

— Voilà, je suis amoureuse, a soudain déclaré Gina. Je vais me marier avec ce type.

Vous saisissez ce que je veux dire ? Absence totale de jugeote.

— Tu épouserais n'importe quel type en maillot de bain, ai-je rétorqué d'un air dégoûté.

— Mensonge et calomnie.

Elle a pointé un toto au dos singulièrement velu assis à quelques pas de nous, à côté d'une femme archi bronzée.

— Je n'ai aucune envie, par exemple, d'épouser celui-là.

— Évidemment. Il est déjà pris.

Gina a levé les yeux au ciel.

— Tu es vraiment zarbi. Viens chercher un truc à boire.

Nous nous sommes hissées sur nos pieds pour enfiler shorts et sandales. Laissant nos serviettes sur place, nous avons marché dans le sable chaud jusqu'à l'escalier raide qui menait au parking où Dormeur avait garé la voiture.

Arrivée sur le macadam, Gina a lancé :

— Je veux un chocolat frappé. Mais pas l'un de ces machins raffinés qu'ils vendent par ici, non, j'en veux un complètement chimique, comme ceux qu'on trouve chez Mickey's.

— Oui, eh bien…

J'avais du mal à reprendre mon souffle. Ce n'est pas du gâteau de s'enfiler toutes ces marches. Et j'ai plutôt la forme : je fais mon entraînement de kick-boxing quasiment tous les soirs.

— Tu vas être obligée d'aller ailleurs, parce qu'il n'y a pas un seul fast-food ici.

— Mais qu'est-ce que c'est que ce bled ? s'est-elle écriée en feignant l'indignation. Ni fast-food, ni feux de circulation, ni criminalité, ni transports publics…

Depuis qu'elle avait débarqué de New York, la veille, Gina était émerveillée par ma nouvelle vie : elle était jalouse de la vue imprenable sur l'océan depuis ma chambre, épatée par les talents culinaires de mon beau-père et pas une seconde agacée par les tentatives de mes demi-frères pour l'impressionner. À ma grande surprise, elle n'avait pas demandé une seule fois à Dormeur ou à Stone, qui rivalisaient pour attirer son attention, de la lâcher.

— Bon sang, Susannah Simon, avait-elle répondu quand je l'avais interrogée, ils sont canon. Tu voudrais que je réagisse comment ?

Pardon ? Mes demi-frères, canon ?

Ça m'étonnerait.

Question beau mec, pas besoin de chercher plus loin que le type qui tenait la caisse de Chez Jimmy, la supérette installée au sommet de l'escalier menant à la plage. Aussi futé qu'un matelas pneumatique, ce Kurt n'en était pas moins beau à se décrocher la mâchoire. J'ai extrait du réfrigérateur une bouteille de Coca-Cola Light glacée et l'ai déposée sur le comptoir en lui lançant une œillade assortie d'un savant mouvement de cils. Il était tellement absorbé dans la lecture de *Surf Magazine* qu'il n'a pas remarqué que je l'aguichais. Je devais être ivre de soleil, ou un truc dans le genre, parce que je suis restée plantée là, à fixer Kurt. Enfin, pour être honnête, je pensais à quelqu'un d'autre.

Quelqu'un à qui je ne devrais pas penser.

C'est sans doute pour cette raison que, lorsque Kelly Prescott m'a dit bonjour, je ne l'ai même pas remarquée.

Du moins jusqu'à ce qu'elle agite une main devant mon visage en lançant :

— Allô, Suze, ici la Terre. Redescends, Suze.

J'ai arraché mes yeux de Kurt pour les poser sur Kelly, déléguée de la classe de seconde, blonde platine et gravure de mode sur pattes. Elle portait une chemise de son père savamment déboutonnée pour laisser apparaître ce qui se trouvait en dessous : un deux-pièces vert olive en crochet. Une doublure couleur chair dissimulait sa peau.

À ses côtés se tenait Debbie Mancuso, la petite copine occasionnelle de Stone.

— Oh mon Dieu, a dit Kelly. Je ne savais pas que tu étais à la plage aujourd'hui, Suze. Où t'es-tu installée ?

— Près de la tour des sauveteurs.

— Oh mon Dieu, a repris Kelly, c'est un super endroit. On est à côté des escaliers.

Debbie a pris la parole d'un ton qui se voulait détaché :

— J'ai aperçu la Rambler dans le parking. Brad est venu surfer ?

Brad. Tout le monde appelle mon demi-frère comme ça, sauf moi. Je préfère Stone.

— Et Jake ? a enchaîné Kelly.

Jake est celui de mes demi-frères que j'ai affublé du surnom de Dormeur. Pour des raisons qui m'échappent totalement, Dormeur, en terminale à l'Académie, et Stone, en seconde comme moi, ont un succès fou. À l'évidence, ces filles ne les ont jamais vus manger.

— Oui, ai-je répondu.

Comme je savais qu'elles en crevaient d'envie, j'ai ajouté :

— Pourquoi vous ne vous installez pas avec nous ?

— Cool, ce serait sup...

Gina est apparue, et Kelly s'est arrêtée au milieu de sa phrase.

Gina est le genre de fille qui a cet effet : les gens s'interrompent pour l'admirer. Elle mesure presque un mètre quatre-vingts, et sa nouvelle coiffure – une masse cuivrée de mèches tirebouchonnées hérissées autour de sa tête, formant comme une auréole de dix ou douze centimètres – la fait paraître encore plus grande. Pour compléter le tableau, elle portait un bikini en vinyle noir, sur lequel elle avait enfilé un short qui semblait constitué de centaines de languettes de canettes de soda.

Oh, et comme elle avait passé toute la journée au soleil, sa peau, habituellement café au lait, avait viré couleur expresso, ce qui fait toujours un effet du tonnerre combiné à un piercing dans le nez et à des cheveux orange.

— Et voilà ! a-t-elle dit d'une voix excitée en déposant sur le comptoir, à côté de mon Coca Light, un pack de six bières. Dis, choupette, tu préfères les mélanges chimiques ?

Est-ce qu'elle s'attendait sérieusement à ce que je boive avec elle une de ces bouteilles ?

— Euh, Gina... Je te présente des copines du lycée, Kelly Prescott et Debbie Mancuso. Kelly, Debbie, voici Gina Augustin, une amie de New York.

Gina a écarquillé les yeux derrière ses Ray-Ban. Elle était ébahie de constater que, depuis mon installation ici, je m'étais fait des copines, alors qu'à New York il n'y avait qu'elle... Elle est pourtant parvenue à maîtriser sa surprise et à lancer, très poliment :

— Enchantée.

Debbie a murmuré « salut », mais Kelly est allée droit au but :

— Où as-tu déniché un short aussi dément ?

Alors que Gina s'embarquait dans une explication, j'ai soudain remarqué la présence de quatre adolescents en tenue de soirée à côté du présentoir des huiles solaires.

Vous vous demandez sans doute pourquoi je ne les avais pas vus avant. Eh bien, à la vérité, jusqu'à cet instant précis, ils ne se trouvaient pas encore là.

Tout à coup, pouf ! ils étaient apparus.

Comme je viens de Brooklyn, j'ai vu des choses bien plus étranges que quatre ados sur leur trente et un dans une supérette surplombant une plage un dimanche après-midi. Mais on n'était pas à New York. Une telle apparition était surprenante en Californie. D'autant plus que ces quatre-là s'apprêtaient à voler des bières.

Je ne plaisante pas. Un pack de douze, en plein jour, avec leur smoking pour les garçons et leur fleur au poignet pour les filles. Kurt n'a rien d'un astrophysicien, c'est vrai, mais ils ne croyaient tout de même pas qu'il les laisserait sortir de sa boutique avec ces bières – surtout fagotés comme ça !

J'ai relevé mes lunettes de soleil pour les observer plus à mon aise.

C'est à ce moment-là que j'ai compris.

Kurt ne leur réclamerait jamais leurs cartes d'identité. Jamais.

Kurt ne pouvait pas les voir.

Ils étaient morts.

2

Oui, d'accord. Je vois les morts et je leur parle. C'est le don que j'ai reçu à la naissance. Vous savez, ce « don » que nous avons tous, qui nous distingue du reste des habitants de la planète, même si nous l'ignorons.

J'ai découvert le mien vers l'âge de deux ans, en croisant, pour la première fois, un fantôme.

Vous voyez, ma spécificité à moi, c'est d'être mediator. J'aide les âmes en peine à gagner leur destination finale – que je ne connais pas –, ce qui consiste généralement à mettre de l'ordre dans le bazar qu'elles ont laissé derrière elles en clamsant.

Certains pourraient penser que c'est plutôt cool de parler aux morts. Permettez-moi de vous dire que ce n'est pas du tout le cas. Primo, à quelques exceptions près, les morts n'ont pas grand-chose d'intéressant à raconter. Et secundo, ce n'est pas comme si je pouvais me vanter de ce don exceptionnel auprès de mes amis. Qui me croirait ?

Bref, nous nous trouvions donc dans la supérette Chez Jimmy, Kurt, Gina, Kelly, Debbie, moi et les fantômes.

Super.

Vous vous demandez peut-être pourquoi Kurt, Gina, Debbie et Kelly n'avaient pas encore détalé du magasin en hurlant. Surtout que, à y regarder de plus près, il était évident que ces gamins étaient bien des spectres. Ils projetaient autour d'eux ce halo particulier qui signifie : « Regardez-moi ! Je suis mort ! »

Bien entendu, ils ne pouvaient pas voir ces fantômes. Contrairement à moi.

Qui suis mediator.

C'est un boulot minable, mais il faut bien que quelqu'un s'y colle.

Je dois l'avouer, à cet instant précis, je n'avais aucune envie d'être celle-là.

Parce que leur attitude était particulièrement répréhensible. Ils tentaient apparemment de voler de la bière. Ce qui n'est, en aucun cas, une preuve d'intelligence, et ce qui devient même la preuve d'une stupidité profonde quand on est mort. Ne vous méprenez pas : les fantômes boivent. Aux Antilles, les gens ont pour habitude de laisser des verres de vin à Chango Mancho, l'*espíritu de la buena suerte*. Au Japon, les pêcheurs offrent du saké aux esprits de leurs frères noyés.

Et vous pouvez me croire sur parole, ce n'est pas seulement le phénomène d'évaporation qui fait diminuer le niveau du liquide dans ces récipients. La plupart des fantômes savent apprécier un petit verre à l'occasion.

Mais ces fantômes étaient surtout idiots, parce que, étant de toute évidence des nouveaux venus dans le monde des morts, ils manquaient de pratique. Or, les spectres ne déplacent pas facilement les objets, même lorsqu'ils sont relativement légers. Ça demande beaucoup d'entraînement. J'ai rencontré des fantômes qui traînaient sans difficulté de lourdes chaînes et balançaient, tout aussi aisément, des livres et des objets encore plus lourds – généralement en direction de ma tête, mais c'est une autre histoire.

Quoi qu'il en soit, la plupart du temps, un pack de douze bières excède de loin les compétences d'un jeune spectre, et ces marioles ne faisaient pas exception à la règle. Je les aurais prévenus si je n'avais pas été la seule à les voir – ainsi que les bières, qui dansaient derrière le présentoir à lotions, en dehors du champ de vision de tous les autres – et craint de passer pour folle.

Ils ont pourtant reçu le message sans que je prononce un seul mot. Une des filles – une blonde dans un fourreau bleu pâle – a poussé un cri :

— La fille en noir nous regarde !

L'un des deux garçons – ils étaient interchangeables, de vraies caricatures de minets – a rétorqué :

— Mais non, elle mate les huiles solaires.

J'ai placé mes lunettes sur le sommet de mon crâne pour qu'ils constatent que c'était bien eux que j'observais.

— Merde, ont dit les deux garçons comme un seul homme.

Ils ont lâché les bières comme si elles venaient de prendre feu.

Tout le monde a sursauté au bruit des bouteilles en verre qui explosaient – sauf moi, bien sûr.

Kurt a levé le nez de son magazine de surf et il a demandé :

— Qu'est-ce que c'est que ce bazar ?

Sa question a été suivie d'un geste des plus surprenants : il a tiré une batte de base-ball de sous son comptoir.

Ce que Gina a observé avec un intérêt non dissimulé.

— Vas-y, mon pote, l'a-t-elle encouragé.

Kurt a ignoré ces paroles de soutien pour fondre sur les bouteilles de bière. Il a contemplé le chaos de mousse, de verre et de carton et demandé encore une fois, d'un air plaintif :

— Qu'est-ce que c'est que ce bazar ?

Enfin, cette fois-ci, il n'a pas utilisé le mot *bazar*, si vous me suivez.

Gina s'est rapprochée pour observer elle aussi les dégâts.

— Quel dommage ! a-t-elle dit en repoussant l'un des éclats du bout de sa sandale à semelle compensée. Qu'est-ce qui s'est passé à votre avis ? Un tremblement de terre ?

Quand, sur le trajet de l'aéroport à la maison, mon beau-père avait questionné Gina sur ce qui l'excitait le plus en Californie, elle avait répondu sans la moindre hésitation : « Les secousses sismiques. » C'était la seule chose que les New-Yorkais ne connaissaient pas.

— Il n'y a pas eu de tremblement de terre, a rétorqué Kurt. Et ces bières proviennent du frigo contre le mur, là-bas. Comment ont-elles atterri ici ?

Kelly et Debbie ont rejoint Gina et Kurt pour constater l'étendue du désastre et s'interroger sur son origine. Je suis restée en retrait. J'aurais pu, sans doute, leur fournir une explication, mais je ne pense pas que quiconque m'aurait crue – pas si j'avais dit la vérité, en tout cas. Enfin, peut-être Gina. Elle se doute de quelque chose – tout comme Doc, mon plus jeune demi-frère, et le père Dom, mon proviseur (et accessoirement un mediator, lui aussi).

Malgré tout, ce qu'elle sait se résume à presque rien. J'ai toujours gardé mes petites affaires pour moi. Pour simplifier les choses, vous voyez.

Pensant qu'il était plus sage de se tenir à l'écart, j'ai ouvert mon soda pour en prendre une longue gorgée. Aaaah. Le benzoate de potassium. Ça fait toujours son effet.

C'est seulement à cet instant que j'ai remarqué le gros titre en une du journal local : *PLONGEON FATAL POUR QUATRE ADOLESCENTS.*

— Peut-être, a suggéré Kelly, que quelqu'un les a sorties du frigo avant de changer d'avis à la dernière minute et de les poser là…

— Ouais, a poursuivi Gina d'une voix excitée. Et ensuite un tremblement de terre les a fait tomber !

— Il n'y a eu aucun tremblement de terre, a répété Kurt, même s'il semblait moins sûr de lui qu'auparavant. Ou alors…

— J'ai senti quelque chose, il me semble, a lancé Debbie.

— Oui, moi aussi, je crois, a repris Kelly.

— Pas plus d'une minute, a continué Debbie.

— Oui, a acquiescé Kelly.

Gina a placé ses mains sur ses hanches.

— Nom d'un petit bonhomme ! Vous êtes en train de me dire qu'il y a eu une vraie secousse et que je l'ai *ratée !*

J'ai pris un exemplaire du journal sur le dessus de la pile et l'ai déplié.

> *Quatre élèves de terminale du lycée Robert Louis Stevenson ont perdu la vie dans un tragique accident de voiture la nuit dernière en rentrant de leur bal de promotion. La mort de Felicia Bruce,*

17 ans, Mark Pulsford, Josh Saunders et Carrie Whitman, 18 ans, a été constatée sur le lieu de l'accident. À la suite d'une collision frontale avec un autre véhicule dans un virage dangereux de la California State Route 1, leur voiture a percuté le rail de sécurité et basculé dans la mer.

— Ça fait quoi ? a demandé Gina. Histoire que je sois au courant pour la prochaine fois.

— Eh bien, a expliqué Kelly, ce n'était pas un gros tremblement. C'était juste… enfin, quand on en a vécu autant, c'est difficile à décrire, tu vois ? C'est un peu comme un frisson dans le cou. Ou la chair de poule.

— Oui, a enchaîné Debbie, c'est exactement ça. Comme si ce n'était pas la terre qui avait bougé *sous* nos pieds, mais un souffle glacé qui nous avait parcourus le temps d'un éclair.

— Tout à fait, a conclu Kelly.

Le brouillard épais monté de l'océan après minuit hier soir a entraîné une baisse de visibilité et des conditions de circulation dangereuses sur cette partie de la côte que l'on appelle Big Sur, ce qui a vraisemblablement joué un rôle dans l'accident.

— Ça ne colle pas du tout avec ce que j'ai entendu

sur les tremblements de terre, a décrété Gina, la voix dégoulinant de scepticisme. Ce que vous décrivez me ferait plutôt penser à une histoire de fantômes.

— Mais c'est la vérité, a répliqué Kelly. Les secousses sont parfois si faibles qu'on les sent à peine. Elles sont très localisées. Il y a deux mois, par exemple, un tremblement de terre a détruit une partie de la Mission. Aucun autre dégât n'a été signalé ailleurs.

Gina n'avait pas l'air impressionnée. Elle ne savait pas le rôle que j'avais joué dans cette affaire : le morceau de toiture qui s'était effondré n'était pas dû à une catastrophe naturelle mais à un petit différend avec un fantôme récalcitrant.

— Ma chienne sent toujours les tremblements de terre à l'avance... Elle se réfugie sous le billard : impossible de l'en déloger.

— Est-ce qu'elle était planquée dessous ce matin ? a demandé Gina.

— Eh bien, non...

Le conducteur de l'autre véhicule, un mineur dont la police ne nous a pas communiqué le nom, a été blessé dans l'accident mais a pu quitter l'hôpital de Carmel, où il a été soigné. Nous ne savons pas encore si l'un des conducteurs était en état d'ébriété, mais la police compte enquêter sur le sujet.

— Regardez, a dit Gina en se baissant pour ramasser quelque chose à ses pieds. La seule survivante.

Elle a brandi une bouteille intacte.

— Eh bien, a rétorqué Kurt en la saisissant, c'est sans doute mieux que rien.

Le carillon de la porte de la supérette a tinté, signalant la présence de mes deux demi-frères, accompagnés d'une paire d'amis surfeurs. Ils avaient abandonné leurs combinaisons et leurs planches. Ils devaient avoir un petit creux, car ils ont foncé vers les boîtes de bœuf séché posées sur le comptoir.

— Salut, Brad, a lancé Debbie d'une voix particulièrement enjôleuse.

Stone lui a répondu d'un air embarrassé – pour la simple et bonne raison que, même s'il sort plus ou moins avec elle, il en pince pour Kelly en réalité.

Le comble, c'était que, depuis l'arrivée de Gina, il flirtait ouvertement avec elle aussi.

— Salut, Brad, a-t-elle d'ailleurs dit.

Sa voix n'avait rien d'enjôleur. Gina était tout sauf une allumeuse. Elle était directe avec les garçons. Grâce à quoi, depuis la cinquième elle ne s'était jamais retrouvée sans rancard un samedi soir.

— Salut, Jake.

Mon demi-frère, la bouche pleine de bœuf séché, s'est retourné. Il s'est frotté les yeux. J'ai longtemps été persuadée que Dormeur se droguait avant de réaliser qu'il s'agissait de son état naturel.

— Hey !

Il a dégluti avant de faire un truc extraordinaire, pour lui du moins.

Il a souri.

Là, c'était vraiment le pompon. Je cohabitais avec ces types depuis près de deux mois maintenant – depuis que ma mère avait épousé leur père et m'avait traînée à l'autre bout du pays pour que nous puissions vivre tous ensemble comme une grande famille. Tout ce temps, j'avais peut-être vu Dormeur sourire deux fois. Et le voilà qui bavait devant ma meilleure amie.

Ça me rendait malade, je vous dis, malade !

— Alors, les filles, a-t-il poursuivi, vous redescendez sur la plage ?

— Eh bien, a commencé Kelly, ça dépend…

Gina, elle, n'a pas tourné autour du pot.

— Et vous, vous faites quoi ?

— On y retourne encore une petite heure, a-t-il répondu. Après on ira se chercher une pizza, ça vous tente ?

— Moi, oui, a répondu Gina. Et toi, Susannah ?

Elle m'a jeté un regard interrogateur : elle était intriguée par le journal que je tenais encore à la main. Je me suis empressée de le reposer.

— Bien sûr, ai-je dit, comme tu veux.

Autant manger tant que j'en avais la possibilité. Parce que j'avais le sentiment que je risquais d'être très occupée dans les jours à venir.

3

— Ah, les Anges de Stevenson…

Je n'ai même pas levé les yeux vers le père Dominic. J'étais avachie dans l'un des fauteuils lui faisant face et je jouais avec la Game Boy qui avait atterri dans le tiroir de son bureau après avoir été confisquée – logique : c'est le proviseur de la Mission. Il faudrait que je me souvienne de ce fichu tiroir à l'approche de Noël : je pourrais y trouver de quoi faire le bonheur de Dormeur et de Stone.

— Les anges ? ai-je grommelé (et pas seulement parce que j'étais en train de perdre lamentablement ma partie de Tetris). Ils n'avaient vraiment rien d'angélique, si vous voulez mon avis.

— J'ai cru comprendre qu'il s'agissait de jeunes gens séduisants et populaires.

Le père Dominic s'est mis à farfouiller parmi les monceaux de papiers qui encombraient son bureau.

— Et brillants. Il me semble que c'est leur proviseur qui les a qualifiés d'Anges de Stevenson dans sa déclaration à la presse après la tragédie.

J'étais occupée à essayer de faire entrer une pièce tarabiscotée dans un minuscule espace.

— Mmmm. Des anges qui tentaient de soulever un pack de douze bières.

— Tiens.

Le père Dominic venait de dénicher un exemplaire du journal que j'avais consulté la veille. Seulement lui, il a pris la peine de l'ouvrir. Il s'est rendu à la rubrique nécrologique, où se trouvaient les photos des lycéens décédés.

— Regarde : s'agit-il des adolescents que tu as rencontrés ?

Je lui ai tendu la Game Boy.

— Finissez la partie pour moi, ai-je dit en lui prenant le journal.

Il a considéré la console de jeu d'un air dégoûté.

— Saperlipopette ! J'ai bien peur de ne pas...

— Il suffit de faire pivoter les formes pour qu'elles s'insèrent dans les trous. Le but étant de compléter un maximum de lignes.

La Game Boy s'est mise à émettre des *bing* et des *bong* comme il pressait frénétiquement les touches.

— Oh, Susannah. À l'exception du solitaire, je crois bien être incapable de jouer à quoi...

La fin de sa phrase s'est perdue dans le silence : il

commençait à se prendre au jeu. J'étais censée lire le journal, mais je n'ai pas pu me retenir de l'observer.

C'est un chic type, ce père Dominic. Il est souvent en pétard contre moi, naturellement, mais ça ne m'empêche pas de l'apprécier. Et même, contre toute attente, de m'attacher de plus en plus à lui. C'est sans doute pour cette raison, d'ailleurs, que je me suis précipitée sans coup férir dans son bureau pour lui parler de ces lycéens croisés à la supérette. Pendant seize ans, je n'ai pu discuter avec personne de mon don « exceptionnel », et j'ai enfin trouvé quelqu'un qui m'écoute et me comprend – le père Dominic possède le même don, chose que j'ai découverte dès mon premier jour à l'Académie de la Mission Junipero Serra.

Le père Dominic est un bien meilleur mediator que moi. Enfin, peut-être pas meilleur. Mais différent. Vous voyez, il est persuadé que les fantômes méritent d'être traités avec douceur et conseillés avec honnêteté – comme les vivants en quelque sorte. Moi, je suis plutôt pour une approche directe, ce qui me force parfois à user de mes poings.

Oui, eh bien, ces macchabées sont parfois incapables d'*écouter*.

Pas tous, bien sûr. Certains savent très bien prêter une oreille attentive. Notamment le type qui vit dans ma chambre. Celui auquel je pensais alors que je ne devrais pas.

Enfin, depuis quelque temps, je fais mon possible pour éviter de penser à lui plus que nécessaire.

J'ai reporté mon attention sur le journal que le père Dominic m'avait passé. Ils étaient bel et bien là, ces fameux Anges de Stevenson. Et il s'agissait en effet des loustics que j'avais croisés la veille. Seulement, sur ces photos, ils n'étaient pas en tenue de soirée.

Le père Dominic avait raison. Ils étaient beaux. Et intelligents. Et populaires. Felicia Bruce, la plus jeune, était à la tête des cheerleaders ; Mark Pulsford, à celle de l'équipe de football. Josh Saunders était le délégué de la classe de terminale. Carrie Whitman avait été élue reine de sa promotion l'année précédente – ce n'était pas exactement une position de meneuse, mais elle avait obtenu ce titre démocratiquement. Quatre adolescents brillants et séduisants. Tous plus morts que morts.

Et, me dois-je d'ajouter, qui cherchaient les ennuis.

La nécrologie était un vrai tire-larmes, mais je ne connaissais pas ces gens. Ils fréquentaient le lycée Robert Louis Stevenson, le pire ennemi de l'Académie de la Mission Junipero Serra. L'Académie, qui nous accueille, mes demi-frères et moi, et qui a pour proviseur le père Dominic, se fait à chaque fois voler les palmes académiques et sportives par Stevenson. Même si je n'ai pas réellement l'esprit de clan, j'ai toujours eu un faible pour les perdants – ce que nous sommes incontestablement à l'Académie, en comparaison de Stevenson.

Alors je n'allais pas me rendre malade à cause de la disparition de quelques élèves de Stevenson. Surtout avec ce que je savais.

Bon, je ne savais pas grand-chose. Rien du tout, même, pour être honnête.

La veille, de retour à la maison après avoir partagé une pizza avec Dormeur et Stone, le décalage horaire avait eu raison de Gina – la Californie a trois heures de retard sur New York –, qui s'était assoupie vers neuf heures sur le lit d'appoint que ma mère avait acheté spécialement pour elle.

Ça ne me dérangeait pas vraiment. Le soleil m'avait lessivée. Installée sur mon lit à l'autre bout de la pièce, j'en profitais pour finir les devoirs de géométrie que ma mère m'avait fait promettre de boucler avant l'arrivée de Gina.

Je venais à peine de m'y mettre quand Jesse est apparu à côté de moi.

— Chut ! lui ai-je lancé en lui montrant Gina quand il s'est mis à parler.

Je lui avais expliqué que Gina passerait une semaine ici et que j'apprécierais qu'il se fasse discret le temps de son séjour.

Ça ne m'éclate pas de partager ma chambre avec son précédent occupant – avec le *fantôme* de son précédent occupant devrais-je préciser, vu que Jesse a passé l'arme à gauche il y a environ cent soixante-dix ans.

D'un autre côté, je me mets à sa place. Il n'y est pour rien si quelqu'un l'a assassiné – c'est ce que je soupçonne en effet. Il n'aime pas s'étendre sur le sujet, ce qui est, je suppose, tout à fait compréhensible.

Et ce n'est pas sa faute non plus, j'imagine, si au lieu de filer directement au paradis ou en enfer, bref de rejoindre l'endroit, quel qu'il soit, où se rendent les gens après leur mort, il s'est retrouvé coincé dans la pièce où il a été tué. Parce que, contrairement à ce que vous pourriez croire, la plupart des gens ne deviennent pas des fantômes. Dieu soit loué. Si c'était le cas, ma vie sociale serait réduite à néant… déjà que ce n'est pas la panacée. Les seuls qui se transforment en ectoplasmes, ce sont ceux qui ont encore un problème à régler.

Je ne sais pas quel est celui de Jesse – à la vérité, je ne suis pas sûre qu'il en ait lui-même la moindre idée. Ce qui me révolte, c'est d'avoir à partager ma chambre avec un type qui, non content d'être mort, est en prime irrésistible.

Je suis très sérieuse. Jesse est bien trop séduisant pour ma tranquillité d'esprit. J'ai beau être mediator, je n'en suis pas moins humaine, mince !

Enfin, il était là – alors que je lui avais expressément (et poliment) demandé de ne pas venir pendant un temps –, toujours aussi viril et sexy dans sa tenue de rebelle du XIXe siècle. Vous voyez le genre : pantalon noir moulant et chemise blanche ouverte sur la poitrine…

— Quand part-elle ?

La question de Jesse m'a forcée à détourner mon attention de la tablette de chocolat particulièrement bien dessinée que sa chemise entrouverte laissait deviner… Je me suis concentrée sur son visage – qui, précision sans doute inutile, n'a pas le moindre défaut, à l'exception d'une petite cicatrice blanche sur l'un de ses sourcils sombres.

Il ne prenait pas la peine de murmurer. Gina ne pouvait pas l'entendre.

Moi, en revanche, j'étais forcée de chuchoter.

— Je te l'ai déjà dit. Dimanche prochain.

— Elle reste longtemps.

Jesse avait l'air contrarié. J'aimerais être capable d'affirmer que chaque seconde passée avec Gina lui était dérobée et que c'était pour cette raison qu'il lui en voulait autant.

Pour être honnête, je doute que ce soit réellement le cas. Je suis sûre que Jesse m'apprécie…

… en tant qu'amie. Et pas autrement. Comment le pourrait-il ? Il a cent soixante-dix ans – cent quatre-vingt-dix si on part du principe qu'il avait plus ou moins vingt ans à sa mort. Quel intérêt un type qui a vécu aussi longtemps trouverait-il à une lycéenne de seize ans qui n'a jamais eu de petit copain et qui est incapable de décrocher son permis de conduire ?

Aucun.

Alors autant regarder la vérité en face : je savais

pertinemment pourquoi Jesse était impatient de voir Gina décamper.

À cause de Paillasson. Notre chat. Je dis « notre » car, bien que les animaux ne supportent pas les fantômes en général, Paillasson semble avoir beaucoup d'atomes crochus avec Jesse. Affection contrebalancée, d'une certaine façon, par l'indifférence totale avec laquelle ce chat me considère, moi qui le nourris, qui nettoie sa litière et… Ah oui, c'est moi aussi qui l'ai sauvé d'une vie de misère dans les rues malfamées de Carmel.

Cet idiot a-t-il montré une once de gratitude ? Non. Mais il adore Jesse. En réalité, Paillasson passe le plus clair de son temps dehors et ne pointe le bout de son museau que lorsqu'il sent la présence de Jesse.

En voici l'illustration parfaite : j'ai entendu le bruit familier d'un choc sur la véranda – Paillasson grimpe toujours sur le pin devant la maison avant de rejoindre le toit puis ma chambre – et cet énorme cauchemar orange sur pattes s'est faufilé par la fenêtre que je laissais ouverte à son intention. Il s'est mis à miauler piteusement, comme s'il n'avait pas été nourri depuis des siècles.

Dès que Jesse l'a aperçu, il s'est précipité pour le caresser derrière les oreilles, et le matou s'est mis à ronronner si fort que j'ai eu peur qu'il ne réveille Gina.

— Écoute, c'est seulement pour une semaine. Paillasson survivra.

Jesse m'a regardée d'une façon qui suggérait que j'avais dégringolé de quelques degrés dans son estime.

— Ce n'est pas pour Paillasson que je m'en fais.

Sa sortie a ajouté à ma confusion. Je savais qu'il ne pouvait pas s'inquiéter pour moi. C'est vrai, je me suis quelquefois mise dans le pétrin depuis que je le connais – et c'est lui qui, le plus souvent, m'a tirée d'affaire. Mais aucun danger ne me menaçait à cet instant précis. Enfin, mis à part les quatre ados croisés à la supérette.

Paillasson a rejeté sa tête en arrière ; Jesse s'est mis à le gratter sous le menton.

— Pourquoi alors ? ai-je repris. Gina est super sympa, tu sais. Même si elle découvrait ton existence, je ne crois pas qu'elle s'enfuirait en hurlant. Non, elle essaierait sans doute plutôt de t'emprunter ta chemise.

Jesse a jeté un œil sur mon invitée. Enfin sur ce qu'on pouvait en voir, à savoir quelques bosses sous une couette et une multitude de tortillons couleur cuivre étalés sur un oreiller.

— Je suis sûr qu'elle est très... sympa, a dit Jesse d'une voix hésitante.

Parfois mon langage du xxie siècle le perturbe. Mais c'est de bonne guerre. Il parle souvent en espagnol et je n'y entends que pouic.

— Susannah, il s'est passé quelque chose...

Mon attention s'est aiguisée. Il avait l'air très sérieux. Il s'était peut-être enfin rendu compte que j'étais la femme idéale pour lui, qu'il avait lutté en vain, tout ce temps, pour réprimer cette attirance et il venait déposer les armes devant mon charme irrésistible.

Mais il a fallu qu'il dise :

— J'ai entendu des choses.

Sous le coup de la déception, je me suis laissée retomber sur les oreillers.

— Oh. Tu as senti que quelque chose venait troubler la Force, Luke ?

De perplexité, Jesse a froncé les sourcils. Il n'avait bien entendu pas la moindre idée de ce que je racontais. À mon grand dam, la plupart de mes rares traits d'esprit lui échappent. Pas étonnant qu'il ne soit pas, même un tout petit peu, amoureux de moi.

J'ai soupiré et repris :

— Alors, quels sont les derniers cancans ?

Jesse dégote souvent des informations « spectrales », comme je les appelle. Informations qui n'ont souvent rien à voir avec lui, mais qui finissent la plupart du temps par me concerner et mettre ma vie en danger – ou en tout cas par y semer une pagaille incroyable. La dernière fois qu'il a « entendu des choses », j'ai bien failli être trucidée par un entrepreneur psychopathe.

Vous imaginez donc peut-être pourquoi je ne

m'emballe pas quand j'apprends que Jesse a « entendu des choses ».

— Il y a des nouveaux, a-t-il dit tout en continuant à caresser Paillasson. Des jeunes.

J'ai haussé les sourcils en repensant aux ados en tenue de soirée de la supérette.

— Et ? lui ai-je demandé.

— Ils sont à la recherche de quelque chose.

— Ouais, je sais. De bière.

Jesse a secoué la tête. Il semblait distant, comme si ce n'était pas moi qu'il voyait mais quelque chose au-delà, très loin derrière mon épaule droite.

— Non, pas de bière. Ils cherchent quelqu'un. Et ils sont en colère.

Il a planté ses yeux sombres dans les miens.

— Ils sont très en colère, Susannah.

L'intensité de son regard m'a forcée à baisser les paupières. Ses iris sont d'un brun tellement foncé que j'ai souvent du mal à les distinguer de ses pupilles. C'est un peu déstabilisant. Presque autant que sa façon de m'appeler par mon prénom : Susannah. À part le père Dominic, personne ne le fait jamais.

— En colère ?

Je jouais avec mon manuel de géométrie. Les ados que j'avais rencontrés n'avaient pas du tout l'air furieux. Effrayés, peut-être, après avoir découvert que je pouvais les voir. Mais pas furax. Il parlait sans doute de quelqu'un d'autre. Je lui ai donc répondu :

— Entendu. Je serai vigilante. Merci.

Jesse voulait ajouter quelque chose, mais Gina s'est soudain retournée : elle a redressé la tête et froncé les sourcils en me dévisageant.

— Suze ? a-t-elle marmonné d'une voix pleine de sommeil. À qui est-ce que tu parles ?

— À personne, ai-je répondu. Pourquoi ?

J'espérais que la culpabilité ne se lisait pas sur mon visage. Je déteste lui mentir. C'est ma meilleure amie, après tout.

Gina s'est hissée sur ses coudes.

— C'est le fameux Paillasson dont tes frères me rebattent les oreilles ? Il est sacrément moche.

J'ai senti Jesse sur la défensive. C'était son chat, et on ne traite pas le chat de Jesse de mocheté.

— Il n'est pas si affreux, ai-je lancé dans l'espoir que Gina saisirait le message et se tairait.

— T'as fumé ou quoi ? Suze, ce bidule n'a qu'une seule oreille.

L'immense miroir au cadre doré qui surplombe ma coiffeuse s'est mis à trembler. Ça a tendance à se produire quand Jesse est en pétard – sérieusement en pétard.

Gina, qui l'ignorait, a contemplé le miroir avec une excitation grandissante.

— Eh ! s'est-elle écriée. Regarde ! Encore un !

Elle pensait à un tremblement de terre, bien sûr, alors que ce n'était pas du tout le cas – ni la fois précédente d'ailleurs. Non, c'était simplement Jesse qui passait ses nerfs.

Avant que j'aie le temps de réagir, le flacon de vernis à ongles que Gina avait laissé sur la coiffeuse a décollé et, défiant toutes les lois de la gravité, a atterri à plus de deux mètres de là, sur la valise de Gina.

Précision sans doute inutile : le flacon de vernis – vert émeraude – était débouché. Et il s'est renversé sur les vêtements que Gina n'avait pas encore rangés.

Elle a poussé un hurlement et s'est jetée sur sa valise pour essayer de sauver ce qui pouvait encore l'être. J'ai décoché un regard assassin à Jesse.

Il s'est contenté de répliquer :

— Inutile de me faire les gros yeux, Susannah. Tu as entendu ce qu'elle a dit. (Il avait l'air vexé.) Elle l'a trouvé moche.

J'ai grommelé :

— *Je* dis tout le temps qu'il est moche, et tu ne réagis jamais de la sorte.

Il a haussé son sourcil barré d'une cicatrice avant de répondre :

— Eh bien, c'est différent dans ta bouche.

Puis, comme s'il ne pouvait supporter de rester une minute de plus, il a brusquement disparu, laissant derrière lui un Paillasson renfrogné et une Gina perplexe.

— Il y a un truc que je ne pige pas, a-t-elle dit en brandissant un maillot une pièce léopard irrécupérable. Je ne pige pas comment c'est possible. D'abord la bière dans ce magasin, et maintenant le vernis. Je te le répète, la Californie est *zarbi*.

Dans le bureau du père Dominic, le lendemain matin, j'ai réfléchi aux événements de la veille. Gina devait avoir l'impression que les objets perdaient la boule. Mais elle n'avait pas encore conscience du dénominateur commun à tous ces accidents : les objets ne se déplaçaient qu'en *ma* présence.

J'avais le sentiment que si le reste de la semaine se déroulait de la même manière, elle finirait par comprendre. Très vite.

Le père Dominic était absorbé dans une partie de Game Boy. J'ai reposé le journal ouvert à la rubrique nécrologique et l'ai interrompu.

Ses doigts sautillaient d'une touche à une autre.

— Une minute, je te prie, Susannah.

— Euh... Père Dom ?

J'ai agité le quotidien sous son nez.

— C'est eux. Les ados que j'ai vus hier.

— Mmmm.

La Game Boy a émis un petit son strident.

— Il faut sans doute garder un œil sur eux. Jesse m'a dit...

Le père Dominic connaissait l'existence de Jesse, même si leurs relations n'étaient pas des plus cordiales : le père Dom ne se faisait pas du tout à l'idée qu'un garçon partage ma chambre. Ils avaient eu une conversation d'homme à homme, mais, bien qu'il en soit sorti quelque peu rassuré – en tout cas convaincu que Jesse ne nourrissait aucun sentiment amoureux à mon encontre –, il était mal à l'aise chaque fois que son nom venait sur le tapis, si bien que j'essayais de ne le mentionner qu'en cas d'extrême nécessité. Et il me semblait que c'en était une, précisément.

— Jesse m'a dit qu'il avait senti un grand… euh… bouleversement là-haut.

J'ai pointé le doigt en l'air pour donner plus de poids à mes paroles.

— Des vibrations de colère. Apparemment, nous avons affaire à des résidents mécontents. Il a ajouté qu'ils cherchaient quelqu'un. J'ai d'abord pensé qu'il ne pouvait pas s'agir de ces loustics (j'ai tapoté le journal), vu qu'ils avaient seulement l'air de s'intéresser à la bière. Mais il se pourrait bien qu'ils aient un autre but.

Bien plus dangereux, ai-je ajouté en silence.

Le père Dominic, comme souvent, a lu dans mes pensées.

— Pour l'amour du Ciel, Susannah, a-t-il lancé en quittant des yeux l'écran de la console de jeu. Tu ne crois tout de même pas que ces jeunes gens et les perturbations ressenties par Jesse ont quoi que ce soit à voir ? Cela me paraît hautement improbable. D'après ce que j'ai compris, les Anges étaient... des modèles pour leurs pairs.

Mince. Des modèles. Je me suis demandé si quiconque parlerait de moi de cette façon après ma mort. J'en doutais fortement. Même ma mère n'irait pas jusque-là.

J'ai gardé mes états d'âme pour moi : je sais d'expérience que le père Dom n'apprécie pas ce genre de réflexion. Je me suis donc contentée de répliquer :

— Eh bien, soyez tout de même vigilant, et dites-moi si vous les voyez dans le coin. Les... euh... Anges, je veux dire.

— Bien entendu.

Le père Dom a accompagné ses paroles d'un geste de la tête.

— Quelle tragédie ! a-t-il repris. Les pauvres âmes. Si innocentes. Si jeunes. Oh ! Dieu du Ciel !

Il a brandi la Game Boy d'un air penaud avant d'ajouter :

— J'ai battu le record.

À ce moment précis, j'ai réalisé que j'avais passé suffisamment de temps dans le bureau du proviseur pour la journée. Gina était obligée d'assister aux cours tant que je ne nous avais pas dégoté le moyen de sécher en toute tranquillité. Comme nos vacances de printemps ne tombaient pas au même moment, il avait été entendu qu'elle suivrait les cours avec moi. À l'heure qu'il était, elle se trouvait en histoire avec M. Walden et avait sans doute réussi à s'attirer tout un tas d'ennuis en mon absence.

— Farpait ! ai-je lancé en me levant. Tenez-moi au courant si vous apprenez des choses sur eux.

— Oui, oui… À plus tard…

Son attention était à nouveau accaparée par la Game Boy.

En quittant son bureau, je jurerais avoir entendu un gros mot. Mais ça ne lui ressemble tellement pas que j'ai dû me tromper.

Ouais. C'est ça.

4

En cours d'histoire, Kelly Prescott, mon ami Adam McTavish, Rob Kelleher – l'un des gros bras de la classe et un bon pote de Stone – ainsi qu'un type discret dont j'oublie toujours le prénom étaient en train de terminer leur exposé : « Qui gagnera la course à l'armement nucléaire ? »

Sujet complètement débile, si vous voulez mon avis. C'est vrai, depuis la chute du communisme en Russie, qui s'en soucie ?

Enfin, apparemment, c'est le problème justement. Il *faut* s'en soucier. Le groupe de Kelly montrait des documents révélant que certains pays possédaient plus de bombes que nous.

Kelly avait la parole quand je suis entrée. J'ai déposé mon mot d'absence sur le bureau de M. Walden avant de rejoindre ma place.

— Vous pouvez tous le constater, les États-Unis sont

bien pourvus question missiles. Du point de vue des chars, en revanche, la force militaire chinoise est plus avancée… (Elle a indiqué un tas de petites bombes rouges sur le tableau.) Ils pourraient nous réduire à néant s'ils le voulaient.

— Sauf qu'en Amérique, a fait remarquer Adam, les civils détiennent plus d'armes que n'en possède toute l'armée chinoise, alors…

— Alors quoi ? a rétorqué Kelly.

À l'évidence, il y avait des dissensions dans les rangs de ce groupe.

— Hein, Adam ? Tu crois vraiment que nous ferons le poids avec des pistolets face aux chars que les Chinois enverront pour nous écraser ?

Adam a levé les yeux au ciel. Il n'avait pas exactement sauté de joie en apprenant qu'il devait travailler avec Kelly.

— Ouais, a ajouté Rob.

La participation comptait pour un tiers de la note de l'exposé. J'imagine que ce « ouais » constituait la contribution de Rob.

Le type dont je ne connaissais pas le prénom n'a rien dit. Il était grand, maigre, et portait des lunettes. Sa peau livide laissait penser qu'il ne passait pas beaucoup de temps à la plage.

Gina a poussé vers moi le cahier à spirale sur lequel elle griffonnait. Elle avait écrit un mot.

Où étais-tu fourrée ?

J'ai pris un stylo pour lui répondre.

Je t'ai dit. Le proviseur voulait me voir.

À quel sujet ? Tu es repartie dans les embrouilles comme avant ?

Pas étonnant qu'elle pose la question. Pour la faire courte, disons qu'à Brooklyn j'avais été forcée de sécher beaucoup de cours. Vous vous attendiez à quoi, franchement ? J'étais le seul mediator dans tout New York... pour un paquet de fantômes ! Ici, au moins, le père Dom me file un coup de main de temps en temps.

J'ai répondu à Gina.

Pas du tout. Le père Dom supervise le conseil des élèves. Je devais vérifier avec lui certaines dépenses récentes.

Je pensais que Gina se désintéresserait d'un sujet aussi rasoir. Je me plantais complètement.

Et alors ? C'était pour quoi ? Les dépenses.

Le cahier m'a soudain été arraché des mains. J'ai levé les yeux sur Sissi, assise devant moi. Elle était devenue ma meilleure amie depuis mon emménagement en Californie. Elle s'est mise à gratter frénétiquement. Quelques secondes plus tard, elle me le rendait.

Tu es au courant ? avait-elle noté de son écriture ronde et irrégulière. *Pour Michael Meducci ?*

Je ne crois pas, non. Qui est Michael Meducci ?

En lisant ma réponse, Sissi a fait une grimace et

m'a indiqué le type au teint cireux qui se tenait sur l'estrade.

Eh ! je suis à l'Académie de la Mission depuis deux mois seulement ! Alors, un peu d'indulgence : je ne suis pas censée déjà connaître les prénoms de tout le monde !

Sissi s'est penchée sur le cahier pour écrire un vrai roman. J'ai jeté un coup d'œil dans la direction de Gina. Elle avait l'air amusée. De façon générale, elle trouve ma vie sur la côte Ouest très distrayante.

Sissi a fini par nous rendre le cahier. Elle avait noirci une page :

C'est Mike qui conduisait l'autre voiture impliquée dans l'accident samedi soir. Celui dans lequel ont péri les quatre élèves de Robert Louis Stevenson.

J'ai poussé un cri de joie intérieurement. C'est pratique d'être amie avec la rédactrice en chef du journal du lycée. Elle se débrouille toujours pour tout savoir.

Apparemment, il avait passé la soirée chez un ami. Il y avait du brouillard, ils n'ont pas dû se voir jusqu'au dernier instant, et les voitures ont fait une embardée. La sienne a heurté un talus, mais l'autre a percuté le rail de sécurité et a atterri dans la mer, soixante mètres plus bas. Tous ses occupants ont été tués, alors que Michael s'en est tiré avec quelques côtes fêlées.

J'ai relevé la tête pour observer Mike Meducci. Il n'avait pas l'air de quelqu'un qui vient d'être impliqué dans un accident ayant entraîné la mort de quatre personnes. En revanche, je n'aurais pas été surprise qu'il ait veillé tard pour jouer à des jeux vidéo ou pour participer sur Internet à un forum de fans de *La Guerre des étoiles*. J'étais trop loin pour dire si ses doigts tremblaient, mais les traits crispés de son visage le laissaient supposer.

C'est particulièrement horrible quand on sait que, il y a moins d'un mois, sa petite sœur – tu ne la connais pas, elle est en quatrième – a failli se noyer dans une piscine. Elle est toujours dans le coma. Tu parles d'une malédiction familiale…

— En conclusion…, a poursuivi Kelly, qui ne cherchait même pas à donner l'illusion qu'elle ne lisait pas sa fiche et parlait si vite qu'on avait du mal à distinguer les mots les uns des autres, l'Amérique-devrait-consacrer-plus-d'argent-à-sa-défense-militaire-vu-que-nous-sommes-très-en-retard-sur-les-Chinois-et-qu'ils-pourraient-nous-attaquer-facilement-merci.

M. Walden, les pieds posés sur son bureau, avait le regard perdu bien au-delà de nos têtes, vers la mer (que l'on aperçoit parfaitement depuis les fenêtres de la plupart des salles de classe de l'Académie). Tiré de sa rêverie par le brouhaha soudain, il a sursauté avant de laisser retomber ses pieds sur le sol.

— Parfait, Kelly, a-t-il lancé alors même qu'il n'avait à l'évidence pas écouté un seul des mots qu'elle avait prononcés. Quelqu'un a-t-il une question ? Très bien, le groupe suivant…

M. Walden s'est interrompu et a opiné du chef dans ma direction.

— Mmm, a-t-il dit d'une voix bizarre. Oui ?

Comme je n'avais pas levé la main, ni indiqué d'aucune façon que j'avais quoi que ce soit à ajouter, j'ai été, pour le moins, prise au dépourvu. Une voix s'est alors élevée derrière moi.

— Euh… je suis désolée, mais cette conclusion – à savoir que nous devons, en tant que nation, développer notre arsenal militaire dans le but de rivaliser avec la Chine – m'apparaît comme absolument consternante.

J'ai lentement pivoté sur ma chaise pour faire face à Gina. Les traits de son visage étaient impassibles. Mais je la connaissais.

Elle s'ennuyait. C'était tout à fait le genre d'attitude qu'elle adoptait dans ces cas-là.

M. Walden s'est redressé dans son siège.

— Apparemment, l'invitée de Mlle Simon est en désaccord avec la conclusion du groupe sept. Aimeriez-vous lui répondre ?

— Consternante dans quel sens ? a demandé Kelly sans consulter les autres membres de son groupe.

— Eh bien, je crois simplement que l'argent dont vous parlez pourrait être utilisé à d'autres fins que celles de faire construire autant de chars que les Chinois. C'est vrai, quel problème ça pose qu'ils en aient davantage ? Ce n'est pas comme s'ils risquaient de débarquer devant la Maison Blanche en balançant : « Rendez-vous maintenant, cochons de capitalistes. » L'océan qui nous sépare est plutôt grand, non ?

M. Walden se frottait presque les mains de jubilation.

— Et à quoi faudrait-il consacrer cet argent selon vous, mademoiselle Augustin ?

Gina a haussé les épaules.

— À augmenter le budget de l'éducation, évidemment.

— À quoi sert l'éducation quand un char te fonce dessus ? s'est enquise Kelly.

Adam, qui se tenait à ses côtés, a levé les yeux au ciel de façon exagérée.

— Si les générations futures étaient mieux éduquées, a-t-il hasardé, elles réussiraient peut-être à éviter les conflits en pratiquant une diplomatie efficace pour établir un dialogue intelligent avec leurs semblables.

— Ouais, a ponctué Gina pour enfoncer le clou. Comme il a dit.

— Excusez-moi, mais vous avez fumé ou quoi ? s'est exclamée Kelly.

M. Walden a balancé un morceau de craie dans la direction du groupe sept, qui a rebondi sur le tableau dans un grand bruit. La réaction de notre professeur n'avait rien d'inhabituel. Il se prêtait à ce petit jeu chaque fois qu'il avait le sentiment que nous n'étions pas attentifs – surtout après le déjeuner, quand nous somnolions pour cause d'ingestion excessive de *corn dogs*[1].

En revanche, la réaction de Mike Meducci, elle, a été inhabituelle. Quand la craie a heurté le tableau près duquel il se tenait, il a fait un bond et s'est baissé – en recouvrant sa tête de ses bras – comme si un char chinois fonçait droit sur lui.

M. Walden n'a rien remarqué. Il était bien trop furax.

— Votre travail, hurlait-il sur Kelly, consistait à bâtir une véritable argumentation. Demander à vos détracteurs s'ils ont fumé n'est certainement pas une réponse recevable.

— Mais franchement, monsieur Walden, regardez les chiffres au tableau ! Les Chinois ont bien plus de chars que nous, et toute l'éducation du monde n'y changera rien…

À ce moment-là, M. Walden a remarqué l'étrange position de Mike.

— Meducci, qu'est-ce qui vous prend ? a-t-il demandé d'une voix lasse.

Je me suis rendu compte que M. Walden ignorait tout du week-end de Mike. Peut-être ignorait-il même qu'il avait une sœur dans le coma. Sissi savait souvent des choses avant les professeurs. Comment s'y prenait-elle ? Mystère et boule de gomme.

1. Saucisse de Francfort roulée dans de la farine de maïs, frite et servie sur un bâtonnet. (Toutes les notes sont de la traductrice.)

— R-rien, a-t-il bredouillé, plus livide que jamais.

Il y avait quelque chose de surprenant dans l'expression de son visage. Je n'aurais pas su l'expliquer, mais un truc clochait.

— Dé-désolé, monsieur Walden.

Scott Turner, l'un des potes de Stone, assis quelques rangs derrière moi, a répété « dé-désolé, monsieur Walden » d'une voix de fausset, suffisamment fort pour être entendu par tout le monde – en particulier par Michael, dont le visage a repris des couleurs sous le coup de la moquerie.

En tant que déléguée suppléante, il est de mon devoir de sensibiliser mes camarades à l'importance de la discipline. Comme mes responsabilités me tiennent à cœur, j'ai tendance à reprendre mes collègues les plus turbulents dès que cela me semble nécessaire – c'est-à-dire souvent.

Je me suis retournée pour l'interpeller.

Il riait encore de sa propre blague quand il a croisé mon regard. Il s'est arrêté net.

Je n'étais pas très sûre de ce que j'allais lui dire – sans doute quelque chose au sujet de son dernier rancard avec Kelly Prescott. Et d'une pince à épiler. De toute façon, M. Walden m'a coiffée au poteau.

— Turner, a-t-il beuglé, je veux mille mots sur la Seconde Guerre mondiale sur mon bureau demain matin. Groupe huit, vous présenterez votre exposé au prochain cours. Nous en avons terminé pour aujourd'hui.

Il n'y a pas de sonnerie à l'Académie. Nous changeons de classe toutes les heures – et nous sommes censés le faire en silence. Toutes les salles ouvrent sur une galerie couverte, encadrant une magnifique cour où se trouvent de gigantesques palmiers, une fontaine et une statue du fondateur de la Mission, Junipero Serra. La Mission, dont la construction remonte à quelque chose comme trois cents ans, attire une foule de touristes : la cour est le clou de la visite, après la basilique.

C'est l'endroit que je préfère pour m'asseoir et réfléchir à des trucs comme... je ne sais pas, moi : ma condition de mediator, mes difficultés à amener Jesse à m'apprécier... Vous voyez le genre. Le bruit de l'eau qui ruisselle, le pépiement des moineaux perchés dans les chevrons de la galerie, le bourdonnement des colibris autour des gigantesques hibiscus en fleur, les discussions étouffées des touristes – respectueux de la majesté des lieux –, autant d'éléments qui font de cette cour l'endroit idéal pour méditer sur son destin.

C'était également le lieu rêvé pour les novices guettant le faux pas des élèves innocents se laissant aller à parler trop fort entre deux cours.

Quoi qu'il en soit, elle n'était pas encore née, celle qui réussirait à faire taire Gina.

— Mince, ça craignait franchement, s'est-elle plainte en se dirigeant vers mon casier. Qu'est-ce que c'était que cette conclusion ? Les Chinois débarquant ici dans des chars pour nous attaquer ? Bien sûr ! Et comment sont-ils censés venir ? En passant par le Canada ?

J'ai tenté de contenir un rire, mais c'était difficile. L'indignation de Gina était désopilante.

— Je sais bien que cette fille est votre déléguée de classe… Quand on dit que les blondes n'ont rien dans la caboche…

Sissi, qui marchait à nos côtés, a grommelé :

— Fais gaffe.

Non pas, comme je l'ai d'abord cru, parce qu'étant albinos Sissi est plus blonde que blonde, mais parce qu'une novice, à l'autre bout de la cour, nous fusillait du regard.

— Oh, c'est toi, a répliqué Gina en ignorant parfaitement son avertissement et sans baisser la voix d'un iota. Suze, Sissi va au centre commercial après le lycée.

— Pour l'anniversaire de ma mère, a précisé cette dernière comme pour s'excuser.

Sissi sait parfaitement que je déteste cet endroit. Ce que Gina, qui a toujours eu une mémoire sélective, avait apparemment oublié.

— Je voudrais lui trouver du parfum, ou un livre, ou autre chose.

— Qu'est-ce que t'en dis ? m'a demandé Gina. On l'accompagne ? Je ne suis jamais allée dans un vrai centre commercial californien. Je veux voir à quoi ça ressemble.

— Tu sais, ai-je répondu en entrant la combinaison du cadenas de mon casier, les magasins vendent les mêmes machins d'un bout à l'autre du pays.

— Eh, mais qui te parle de magasins ? Je parle de beaux mecs.

— Oh… désolée. Je n'y avais pas pensé.

J'ai troqué mon livre d'histoire contre celui de biologie.

— C'est le problème avec toi, Susannah Simon, a-t-elle rétorqué en s'appuyant sur le casier à côté du mien. Tu ne penses pas assez aux garçons.

J'ai claqué la porte.

— Je pense beaucoup aux garçons.

— Absolument pas.

Gina s'est tournée vers Sissi.

— Est-ce qu'elle est sortie avec quelqu'un depuis qu'elle est ici ?

— Bien sûr, a répondu Sissi. Bryce Martinson.

— Non, ai-je enchaîné.

— Comment ça, non ?

— Bryce et moi, nous ne sommes pas vraiment sortis ensemble, ai-je expliqué, un peu mal à l'aise. Rappelle-toi, il s'est cassé la clavicule…

— Ah oui, je me souviens… Cette histoire de dingue, l'accident avec le crucifix. Et ensuite il a changé de lycée.

Ouais, parce que cette histoire de dingue était tout sauf un accident : le fantôme de son ex-petite amie lui avait balancé un crucifix dans le but de nous empêcher de sortir ensemble – ce qui était parfaitement déplacé.

Mais a malheureusement fonctionné à merveille.

Sissi a alors ajouté gaiement :

— Mais tu es sortie pour de bon avec Tad Beaumont. Je vous ai croisés au Café Clutch.

Gina, surexcitée, a voulu en savoir plus.

— Vraiment ? Susannah Simon est sortie avec un mec ? Je veux des détails.

Sissi a froncé les sourcils.

— Ben, en fait, ça n'a pas duré très longtemps, je me trompe, Suze ? Il y a eu un accident avec son oncle ou un truc dans le genre, et Tad a dû partir s'installer dans sa famille à San Francisco.

Traduction : j'ai empêché l'oncle de Tad, un type fracassé, de nous assassiner Tad et moi, et ce dernier a déménagé avec son père.

Vous appelez ça de la gratitude, vous ?

— Mince, a conclu Sissi, on dirait qu'il arrive toujours des trucs horribles aux gars que tu fréquentes, non ?

Pensant à Jesse, j'ai répliqué :

— Pas tous.

Puis je me suis rappelé que Jesse :

a) est mort, si bien que je suis la seule à pouvoir le voir – ce qui n'en fait pas un vrai petit ami – et

b) ne m'a jamais réellement demandé de sortir avec

lui, si bien que l'on peut difficilement considérer que nous sommes ensemble.

J'en étais à ce point de mes réflexions quand un éclair kaki est passé près de nous, laissant derrière lui une vague odeur familière d'eau de Cologne. J'ai regardé autour de moi. Stone ! Il immobilisait Michael Meducci pendant que Scott Turner le menaçait de son index en grognant :

— C'est toi qui vas écrire ce devoir pour moi, Meducci. Pigé ? Mille mots sur la Seconde Guerre mondiale pour demain matin. Et n'oublie pas le double interligne.

Je ne sais pas ce qui m'a pris. Simplement, parfois, j'ai des pulsions incontrôlables.

J'ai donc collé mon bouquin de bio dans les mains de Gina et je me suis précipitée vers mon demi-frère. Une seconde plus tard, je le tenais par les cheveux.

— Lâche-le, lui ai-je intimé en les tirant.

Ce genre de torture était, je l'avais découvert récemment, bien plus efficace que ma technique précédente, qui consistait à le frapper au bide. Il avait, au cours des semaines passées, considérablement travaillé sa sangle abdominale.

Il n'avait qu'un seul moyen de me mettre hors d'état de nuire : la boule à zéro. Mais, apparemment, ça ne lui était pas venu à l'idée.

Stone a ouvert la bouche pour laisser échapper un gémissement de douleur, libérant aussitôt Michael, lequel s'est éloigné en chancelant pour aller ramasser les livres qu'il avait laissés tomber.

— Suze ! a chouiné Stone. Lâche-moi !

— Ouais, a opiné Scott. C'est pas tes oignons, Susannah Simon.

— Bien sûr que si. Tout ce qui se passe dans ce bahut me concerne. Tu veux savoir pourquoi ?

Stone connaissait déjà la réponse. Je la lui avais servie à plusieurs occasions.

— Parce que tu es déléguée suppléante, a-t-il dit. Putain, lâche-moi, maintenant, ou je jure que je le dirai à papa…

Je l'ai laissé, mais seulement parce que sœur Ernestine s'est pointée. La novice l'avait apparemment appelée à la rescousse. Une nouvelle règle, officielle, impose d'aller chercher des renforts dès qu'il y a une altercation entre Stone et moi.

— Y a-t-il un problème, mademoiselle Simon ?

Sœur Ernestine, le proviseur adjoint, est une très grande femme. Elle porte une énorme croix entre deux non moins énormes seins. Elle possède l'étrange pouvoir de réussir à susciter la terreur rien qu'en fronçant les sourcils. C'est un don que je respecte et que j'aimerais bien acquérir un jour moi aussi.

— Non, ma sœur, ai-je dit.

Sœur Ernestine s'est tournée vers Stone.

— Monsieur Ackerman ? Un problème ?

— Non, ma sœur, a-t-il répondu à contrecœur en se massant la nuque.

— Bien, a-t-elle enchaîné. Je suis heureuse que vous finissiez enfin par vous entendre, tous les deux. Une entente si fraternelle est un modèle pour nous tous. Maintenant, en classe et vite, je vous prie.

J'ai rejoint Sissi et Gina, qui avaient assisté à toute la scène. Alors que nous nous dirigions vers le labo de biologie, Gina m'a lancé :

— La vache, Susannah Simon, pas étonnant que tu n'aies pas la cote avec les mecs du coin.

5

— Ma louloute, c'est tout toi, a dit Gina.

Sissi détaillait la tenue que celle-ci l'avait convaincue d'essayer, puis d'acheter.

— Je ne sais pas…, a-t-elle lâché d'une voix hésitante.

— C'est toi, a répété Gina. Je t'assure. C'est tout à fait toi. Dis-lui, Suze.

— Ça te va très bien, ai-je répondu sincèrement.

Gina a l'œil. Elle avait transformé Sissi en gravure de mode.

— Mais tu ne pourras pas la porter au lycée, n'ai-je pu m'empêcher d'ajouter. C'est trop court.

J'avais appris à mes dépens que le règlement vestimentaire de l'Académie, quoique laxiste par ailleurs, ne tolérait le port de la minijupe en aucune circonstance. Et je ne me faisais aucune illusion : sœur Ernestine ne verrait sans doute pas d'un bon œil le nouveau gilet de Sissi, avec son col en fausse fourrure et sa coupe révélant le nombril.

— Quand est-ce que je le porterai, alors ? a demandé Sissi.

— À l'église, ai-je rétorqué en haussant les épaules.

Sissi m'a décoché un regard assassin.

— Bon, d'accord. Eh bien, tu peux le mettre pour aller au Café Clutch. Et aux soirées.

Les prunelles de Sissi, derrière les verres violet de ses lunettes, brillaient toujours.

— On ne m'invite jamais aux soirées, Suze.

— Tu pourras le porter pour venir chez moi, a généreusement proposé Adam.

Le regard étonné que Sissi lui a lancé m'a confortée dans l'idée que, quelle que soit la fortune que lui coûte ce vêtement – plusieurs mois d'argent de poche, au bas mot –, ça en valait le coup : Sissi en pinçait secrètement pour Adam McTavish depuis que je la connaissais (et sans doute bien avant d'ailleurs).

— Très bien, Susannah Simon, a enchaîné Gina en s'affalant dans une des chaises en plastique qui jonchaient l'espace restauration du centre commercial. Tu trafiquais quoi, pendant que je m'occupais de la garde-robe de Mlle Webb ?

J'ai brandi un sac Virgin.

— J'ai acheté un CD.

— Un *quoi ?*

Gina était horrifiée.

— Un CD.

Je n'avais pas l'intention de dépenser d'argent, mais ils m'avaient lâchée dans cette jungle de boutiques en m'intimant de revenir avec quelque chose : prise de panique, j'avais pénétré dans le premier magasin.

— Tu sais que les centres commerciaux provoquent des réactions bizarres chez moi, ai-je expliqué.

Gina a secoué la tête, faisant danser ses tresses cuivrées.

— Impossible de se mettre en colère contre elle, a-t-elle dit à Adam. Elle est trop mignonne.

Adam s'est détourné de la nouvelle audace vestimentaire de Sissi pour me sourire.

— Eh oui, elle l'est.

Il a aperçu quelque chose derrière moi, et ses yeux se sont agrandis.

— Mais voici des personnes qui, j'en suis sûr, ne seront pas de cet avis.

J'ai tourné la tête : Dormeur et Stone s'approchaient d'un pas nonchalant. Le centre commercial était comme le second foyer de Stone, mais la présence de Dormeur était des plus surprenantes. Il consacrait généralement tout son temps libre, entre le lycée et la livraison de pizzas – il économisait pour sa Camaro –, à surfer. Ou à dormir.

Il s'est laissé tomber dans une chaise à côté de Gina et a lancé, d'une voix que je ne lui connaissais pas :

— Salut ! J'ai appris que tu étais dans le coin.

J'ai soudain compris ce qui se tramait.

— Eh ! ai-je apostrophé Sissi.

Elle dévorait Adam des yeux, se demandant – j'en aurais mis ma main à couper – ce qu'il entendait précisément en lui proposant de venir chez lui avec son nouveau gilet. Lui faisait-il des avances, comme elle l'espérait, ou simplement la conversation ?

— Mmmm, m'a-t-elle répondu sans prendre la peine de tourner la tête dans ma direction.

J'ai fait la moue. Sur ce coup-là, j'étais seule.

— Tu as trouvé un cadeau pour ta mère ? ai-je demandé.

— Non.

J'ai déposé mon CD sur ses genoux.

— Parfait. Garde-le-moi. Je vais lui chercher la sélection du mois d'Oprah. Bonne idée, non ?

— Super, m'a-t-elle lancé, toujours sans un regard mais en agitant un billet de vingt dollars.

Levant les yeux au ciel, j'ai agrafé le bifton et me suis éloignée rapidement avant de péter une durite tant j'avais envie de hurler. Oh, vous en auriez eu envie, vous aussi, si vous aviez vu ce qui se tramait : Stone cherchant, en vain, à glisser une chaise entre celles de Dormeur et de Gina.

Je ne pige pas. Vraiment pas. Je veux dire, je sais que je passe pour un cœur de pierre, voire même pour un peu zarbi à cause de cette histoire de mediator, mais au fond je suis une personne sensible. Je suis quelqu'un de juste, d'intelligent, et même parfois de drôle. Et je prends soin de moi. Tous les matins. Je me sèche les cheveux jusqu'à ce qu'il n'en reste plus un seul de mouillé, et on m'a dit à plusieurs reprises (d'accord, ma mère, mais pourquoi ça ne compterait pas ?) que mes yeux ressemblent à des émeraudes. Alors qu'est-ce qui se passe ? Pourquoi deux types se battent pour obtenir l'attention de Gina alors que je n'en intéresse pas un seul ? Enfin, mince, même les macchabées ne m'apprécient pas plus que ça, et ce n'est pas comme s'ils avaient beaucoup de choix.

Je ruminais encore ma colère dans la queue de la caisse à la libraire, quand j'ai senti qu'on m'effleurait l'épaule. Je me suis retournée pour me retrouver face à face avec Michael Meducci.

Il tenait un bouquin sur la programmation des ordinateurs. Sous les néons de la boutique, sa mine de papier mâché était encore plus frappante.

— Salut, a-t-il lancé en jouant nerveusement avec ses lunettes, comme pour s'assurer qu'elles étaient toujours là. Je pensais bien que c'était toi.

— Salut, Michael, ai-je répondu en avançant dans la queue.

Il m'a suivie.

— Oh, tu sais comment je m'appelle.

Ça avait l'air de lui faire plaisir.

Je ne lui ai donc pas fait remarquer que c'était le cas

depuis aujourd'hui seulement. Je me suis contentée d'un « ouais » et d'un sourire.

Ce qui était peut-être une erreur. Parce que Michael s'est approché un peu plus près et a débité, d'une voix émue :

— Je voulais juste te remercier. Tu sais. Pour ce que tu as fait… euh… à ton demi-frère, tout à l'heure. Tu sais. Le forcer à me lâcher.

— Ouais, c'est rien, t'inquiète.

— Non, je suis sincère. Personne n'a jamais fait ça pour moi… Enfin, ce que je veux dire, c'est qu'avant ton arrivée à la Mission personne n'avait jamais tenu tête à Brad Ackerman. Il s'en sortait toujours. Il s'en serait même tiré s'il avait commis un meurtre, tu vois.

— Eh bien, plus maintenant.

— Non, a lâché Michael avec un petit rire nerveux. Non, plus maintenant.

La personne devant moi s'est avancée vers la caisse. J'ai fait un pas en avant, imitée par Michael, qui a montré un peu trop d'empressement et m'est rentré dedans.

— Oh, je suis désolé, a-t-il dit avant de reculer.

— Ce n'est rien.

Je commençais à regretter de ne pas être restée avec Gina. Même si je risquais l'accident cérébral.

— Tes cheveux, ils sentent incroyablement bon, a-t-il susurré.

Oh mon Dieu. J'allais exploser, là, au beau milieu de cette librairie. *Tes cheveux, ils sentent incroyablement bon ? Tes cheveux, ils sentent incroyablement bon !* Pour qui se prenait-il ? James Bond ? On ne dit pas à quelqu'un que ses cheveux sentent bon. Pas dans *un centre commercial.*

Heureusement, le caissier m'a interpellée :

— Personne suivante.

Je me suis dépêchée de régler mon achat, dans l'espoir que Michael aurait disparu quand je me retournerais.

Erreur. Grave erreur.

Non seulement il était encore là, mais j'ai pu constater qu'il possédait déjà son bouquin d'informatique – qu'il *traînait* donc partout avec lui –, si bien qu'il n'avait pas besoin de passer par la caisse… où j'avais l'intention de le semer.

Non. Oh, non. Bien au contraire, même. Il m'a suivie à l'extérieur de la boutique.

Très bien. Sa sœur était dans le coma. Elle s'était rendue à une fête et avait fini branchée sur respirateur artificiel. Le genre de chose qui vous flingue. Sans parler de l'accident de voiture. Il se pouvait que ce type ait tué quatre personnes. Quatre personnes ! Pas intentionnellement, bien entendu. Mais ils étaient morts alors qu'il s'en était tiré indemne. Ça et la sœur dans le coma… eh bien, ça lui donnait des excuses, non ?

Je pouvais bien faire preuve d'indulgence. Être sympa avec lui.

Et risquer de le voir se transformer en pot de colle.

Il m'a accompagnée jusque chez Victoria's Secret, où je m'étais dirigée dans l'idée qu'aucun garçon ne suivrait une fille dans un endroit où les soutiens-gorge étaient aussi ostensiblement exposés. J'avais faux sur toute la ligne.

— Qu'est-ce que tu penses de notre exposé ? m'a-t-il demandé alors que je détaillais un modèle à imprimé léopard. Tu penses comme ton… euh… amie que l'argument de Kelly était sot ?

Sot ? Qui emploie ce genre de mot ?

Une vendeuse s'est approchée de nous avant que j'aie le temps de répondre.

— Bonjour, a-t-elle lancé gaiement, êtes-vous au courant de notre promotion du jour ? Si vous achetez trois culottes, nous vous offrons la quatrième.

Je n'arrivais pas à croire qu'elle avait prononcé le mot *culottes* devant Michael. Et je n'en revenais pas que Michael reste planté là, le sourire aux lèvres ! J'avais déjà du mal à le dire devant ma mère ! J'ai fait demi-tour pour sortir du magasin.

— D'habitude, je ne viens pas ici, m'expliquait Michael.

Il était pire qu'une sangsue.

— Mais quand j'ai appris que tu y serais, eh bien,

j'ai décidé d'aller y faire un tour moi aussi. Tu viens souvent ?

J'ai bifurqué vers l'espace restauration, avec le vague espoir de réussir à semer Michael dans la foule devant le KFC. Mais ce n'était pas une mince affaire. On aurait dit que tous les ados du coin s'étaient donné le mot pour se retrouver au centre commercial après les cours. Pour ne rien arranger, il y avait eu une animation. Sans doute une sorte de carnaval raté, avec chars, masques dorés et tout le toutim. J'imagine que ça avait rencontré du succès, puisqu'ils avaient gardé une partie de la décoration, notamment de gigantesques mannequins violet et or. Plus grands que des êtres humains, ils étaient suspendus à la coupole en verre. Certains faisaient jusqu'à cinq ou six mètres. Leurs membres pendaient de façon chaotique, compliquant encore davantage la circulation.

— Non, ai-je répondu, je ne viens jamais ici. Je déteste.

Son visage s'est illuminé, alors qu'il se retrouvait au milieu d'un troupeau de collégiens.

— Vraiment ? Moi, aussi ! Waouh, quelle coïncidence ! Tu sais, il n'y a pas beaucoup de gens de notre âge qui n'apprécient pas ce genre d'endroit. L'homme est un animal social et, en tant que tel, il est attiré par les rassemblements. C'est l'indice d'un réel dysfonctionnement biologique que nous ne nous y plaisions ni toi ni moi.

Je me suis rendu compte que mon plus jeune frère, Doc, et Michael Meducci avaient beaucoup de points communs.

Je me suis également rendu compte que faire remarquer à une fille qu'elle souffre d'un dysfonctionnement biologique n'est pas exactement le meilleur moyen de gagner son cœur.

— Peut-être, a-t-il poursuivi alors que nous esquivions une gigantesque main appartenant à un mannequin au sourire grimaçant, peut-être que nous pourrions aller dans un endroit plus calme. Je suis venu avec la voiture de ma mère. On pourrait boire un café en ville, ou autre chose, si ça te dit…

C'est à ce moment-là que je l'ai entendu. Un gloussement familier.

Ne me demandez pas comment j'ai pu le remarquer entre le brouhaha ambiant, la musique et les cris d'un enfant auquel sa mère refusait d'acheter une glace. Je l'ai entendu, c'est tout.

Un rire. Le même que la veille, Chez Jimmy. Juste avant de découvrir les fantômes des quatre accidentés.

Aussitôt après, un grand bruit sec a résonné – comme un élastique qui craque. J'ai hurlé « attention ! » avant de plaquer Michael sur le sol.

Ce qui était une bonne initiative. Parce qu'une seconde plus tard, à l'endroit exact où il s'était tenu, s'écrasait la tête immense du mannequin.

Quand j'ai relevé la tête, j'ai constaté qu'elle était couverte de poussière. Ce bidule n'était pas en papier mâché comme je me l'étais figuré. Il s'agissait de plâtre. Des nuages de fines particules flottaient dans l'air, me faisant tousser. Le mannequin avait perdu une partie de son visage, si bien qu'il me lorgnait d'un seul œil et souriait d'une bouche édentée.

L'espace d'un instant, on n'a entendu aucun bruit à l'exception de ma quinte de toux et de la respiration de Michael.

Puis une femme a hurlé.

Et l'enfer s'est déchaîné. Les gens se sont mis à paniquer et à se bousculer pour s'éloigner des mannequins qui pendaient du plafond, comme s'ils risquaient de se détacher tous ensemble.

Difficile de le leur reprocher, cela dit. Ce machin devait peser au moins une tonne. S'il avait atterri sur Michael, il l'aurait tué, ou au moins grièvement blessé. Je n'avais aucun doute là-dessus.

Tout comme je n'ai eu aucun doute sur l'identité du propriétaire de la voix railleuse qui a lancé, une seconde plus tard :

— Si c'est pas mignon…

J'ai levé les yeux sur Stone – flanqué d'une Gina essoufflée, de Sissi, d'Adam et de Dormeur.

Ce n'est que quand ce dernier s'est penché pour m'aider à me relever que j'ai constaté que j'étais encore affalée sur Michael.

— Comment se fait-il, m'a-t-il demandé d'un ton las, qu'on ne puisse pas te laisser cinq minutes sans que quelque chose te tombe sur la cafetière ?

Je lui ai jeté un regard noir tout en essayant d'affermir mes jambes flageolantes. Pour être honnête, je n'en peux plus d'attendre son départ pour la fac.

Dormeur s'est baissé pour donner des claques sur les joues de Michael, sans doute dans l'idée de l'aider à reprendre ses esprits – je doute que cette méthode recueille l'approbation des sauveteurs. Ses yeux étaient clos et, même s'il respirait encore, il semblait mal en point.

Les gifles ont fini par faire leur effet, malgré tout. Il a battu des paupières avant de les ouvrir complètement.

— Tu vas bien ? lui ai-je demandé, inquiète.

Il n'a pas vu la main que je lui offrais : il avait perdu ses lunettes. Il les a cherchées à tâtons dans les éclats de plâtre.

— M-mes lunettes…

Sissi les a trouvées, ramassées et nettoyées de son mieux avant de les lui tendre.

— Merci.

Il les a chaussées, et ses prunelles, derrière les verres, se sont écarquillées en découvrant le carnage qui nous entourait. La tête du mannequin avait raté sa cible, mais avait en contrepartie réussi à écraser un banc et une poubelle en métal.

— Nom d'un petit bonhomme, a-t-il lâché.

— Tu l'as dit. Si Suze n'avait pas été là, tu aurais été écrabouillé par une énorme tête de mannequin en plâtre. Plutôt craignos comme mort, mmm ?

Michael continuait à fixer les débris.

— Nom d'un petit bonhomme, a-t-il répété.

— Tu vas bien, Suze ? m'a demandé Gina en pressant mon bras.

J'ai acquiescé.

— Ouais, je crois. Rien de cassé, de toute façon. Michael ? Et toi ? Toujours entier ?

— Comme s'il était capable de le dire ! a lancé Stone avec un ricanement.

Je lui ai décoché un regard noir et il a dû se rappeler ma technique d'attaque, puisque, pour une fois, il s'est tu.

— Ça va, a répondu Michael en repoussant la main de Dormeur. Laisse-moi. J'ai dit que j'allais bien.

Dormeur a reculé.

— Oh, excuse-moi. Je voulais simplement aider. Viens, Gi, nos milk-shakes sont en train de fondre.

Attendez là, temps mort. Je me suis tournée, étonnée, vers mon demi-frère et ma meilleure amie. Gi ? Qui c'est, Gi ?

Sissi a extrait un sac des décombres.

— Eh, a-t-elle lancé gaiement, c'est le livre que tu as acheté pour ma mère ?

Dormeur était reparti vers leur table, tenant Gina

par l'épaule. *Gina. Ma meilleure amie !* Ma meilleure amie autorisait mon demi-frère à lui offrir des milk-shakes et à lui passer un bras autour des épaules ! Et à l'appeler Gi !

Michael était de nouveau sur ses pieds. Des agents de sécurité sont arrivés à peu près à cet instant.

— Eh, doucement, mon gars, vas-y doucement. L'ambulance arrive.

Michael, d'un geste brusque, s'est détourné. Après avoir lancé un dernier regard mystérieux à la tête en plâtre, il s'est éloigné en titubant. Les agents l'ont suivi, redoutant une commotion cérébrale… ou un procès.

— Waouh, s'est écriée Sissi en secouant la tête. Bonjour la gratitude. Tu lui sauves la vie, et il se carapate sans même un merci.

Adam a ajouté :

— Ouais. Comment fais-tu, Suze, pour prévoir chaque fois qu'un type est sur le point de se prendre quelque chose sur le ciboulot ? Et comment faire pour que ce genre de situation m'arrive à moi et t'oblige à me plaquer au sol ?

Sissi lui a décoché un coup de coude dans le ventre. Adam a feint d'avoir mal, se pliant en deux et chancelant de façon outrancière avant de manquer trébucher sur le mannequin. Il s'est redressé pour l'observer.

— Je me demande ce qui s'est passé.

Plusieurs employés du centre commercial étaient en

train de se poser la même question, tout en jetant des coups d'œil inquiets dans ma direction. S'ils avaient su que ma mère était journaliste pour la chaîne locale, ils se seraient probablement mis en quatre pour me couvrir de cadeaux.

— C'est vrai, c'est bizarre, poursuivait Adam. Ce machin est resté accroché des semaines durant, et il suffit que Michael Meducci passe dessous pour que…

— Bam ! a conclu Sissi. Un peu comme si… je ne sais pas. Quelqu'un là-haut l'avait détaché exprès. Ou un truc dans le genre.

C'est alors que je me suis souvenue. J'ai regardé autour de moi pour essayer d'apercevoir celui ou celle qui avait émis ce ricanement juste avant l'accident.

Je n'ai vu personne, mais ça n'avait aucune importance. Je savais à qui il appartenait.

Et ce n'était pas à un ange.

6

— Bien, a conclu Jesse quand je lui ai tout raconté ce soir-là. Tu sais ce qu'il te reste à faire, n'est-ce pas ?

— Ouais, ai-je répondu d'un ton maussade, les genoux remontés sous le menton. Lui parler de la fois où j'ai trouvé ce magazine cochon sous le siège avant de sa Rambler. Ça devrait la faire changer d'avis rapidos.

Le sourcil à la cicatrice s'est soulevé.

— Susannah, de quoi parles-tu ?

— Gina, ai-je rétorqué, surprise par sa question. Et Dormeur.

— Non. Je pensais au garçon, Susannah.

— Quel garçon ? Oh. Tu veux dire Michael ?

— Oui. Si ce que tu racontes est vrai, il court un grave danger, Susannah.

— Je sais.

Je me suis appuyée sur les coudes. Nous étions tous

deux assis sur le toit de la véranda, sous la fenêtre de ma chambre. C'était plutôt agréable d'être là, à la belle étoile. Nous étions suffisamment haut pour que personne ne puisse nous voir – même si pour tout le monde, à part moi et le père Dom, Jesse est invisible –, et le pin géant dégageait une délicieuse odeur. C'était le seul endroit, ces derniers temps, où nous pouvions nous installer pour discuter sans crainte d'être interrompus. Enfin, pour être plus précis, sans crainte d'être dérangés par mon invitée, Gina.

— Qu'est-ce que tu comptes faire, alors ?

Au clair de lune, la chemise blanche de Jesse avait des reflets bleutés. Tout comme sa chevelure noire.

— Aucune idée.

— Vraiment ?

Il m'a dévisagée. Je déteste quand il fait ça. J'ai l'impression… je ne sais pas. Qu'il me compare avec quelqu'un. Et la seule personne qui me vient à l'esprit, c'est Maria de Silva, la fille que Jesse allait épouser quand il a été assassiné. J'ai vu un portrait d'elle un jour. C'était un beau brin de fille, pour les années dix-huit cent et quelque. Ce n'est pas rigolo, je vous le dis, d'être comparé à une gonzesse qui est morte bien avant votre naissance.

Et qui a toujours eu une crinoline pour dissimuler son popotin.

— Tu vas devoir les trouver, a-t-il repris. Les Anges. Parce que, si j'ai vu juste, ce garçon ne sera pas en sécurité tant que tu ne les auras pas convaincus de le laisser en paix.

J'ai soupiré. Jesse avait raison. Comme toujours. Seulement voilà, filer le train à une bande de fantômes fêtards, ce n'était pas exactement ce que j'avais imaginé pour la venue de Gina.

D'un autre côté, traîner avec moi, ce n'était pas ce dont rêvait Gina apparemment.

Je me suis relevée et me suis avancée à pas prudents sur les tuiles pour jeter un œil dans ma chambre à travers la baie vitrée. Le lit de Gina était vide. J'ai fait demi-tour et me suis laissée glisser à côté de Jesse.

— La vache ! Elle est toujours là-bas.

Jesse m'a regardé avec un petit sourire malicieux.

— Tu ne peux pas lui en vouloir de s'intéresser à ton frère.

— Demi-frère. Et si, je le peux. C'est une pourriture. Et il l'a entraînée dans sa tanière.

Le sourire de Jesse s'est élargi. Même ses dents avaient des reflets bleutés sous la lune.

— Ils ne font que jouer à l'ordinateur, Susannah.

— Qu'en sais-tu ?

Puis je me suis souvenue. C'était un fantôme. Il pouvait aller partout. Alors j'ai repris :

— Peut-être la dernière fois que tu as jeté un œil. Qui sait ce qu'il en est maintenant ?

Il a poussé un soupir.

— Veux-tu que j'aille voir ?

— *Non !* Je me fiche de ce qu'ils font. Si elle veut passer du temps avec un gros naze comme Dormeur, je ne peux pas l'en empêcher.

— Brad était avec eux, a-t-il fait remarquer. La dernière fois que j'ai jeté un œil.

— Oh super. Alors elle traîne avec deux gros nazes.

— Je ne comprends pas ce qui te contrarie autant.

Il s'était étendu sur le toit, et je ne l'avais pas vu aussi content depuis longtemps. Il a poursuivi :

— Moi, je trouve ça bien mieux comme ça.

— Comment ? ai-je grogné.

Contrairement à lui, je n'arrivais pas à trouver une position confortable. Des épines de pin vicieuses venaient toujours se glisser sous mes fesses.

— D'être rien que tous les deux, a-t-il dit en haussant les épaules. Comme avant.

Avant que j'aie la possibilité de répondre à cette déclaration désarmante de sincérité sinon de romantisme – de mon point de vue du moins –, nous avons été éblouis par les phares d'une voiture qui s'engageait dans l'allée.

— Qui est-ce ? m'a demandé Jesse.

Je ne me suis pas retournée. Je m'en contrefichais.

— Un pote de Dormeur, sans doute, ai-je répondu. Qu'est-ce que tu disais ? Que tu aimais quand nous étions rien que tous les deux ?

Mais Jesse était trop occupé à plisser les yeux pour distinguer le nouveau venu dans l'obscurité.

— Ce n'est pas un ami de Jake. Il ne dégagerait pas autant de… terreur. Ça pourrait être ce garçon, Michael, peut-être ?

— *Quoi ?*

J'ai pivoté et, m'agrippant au rebord du toit, j'ai vu qu'un minivan se garait derrière la voiture de ma mère.

Une seconde plus tard, Michael Meducci en sortait et se dirigeait vers la porte d'entrée, une expression déterminée sur le visage.

— Oh mon Dieu ! me suis-je écriée en reculant sur le toit. Tu as raison ! C'est lui ! Qu'est-ce que je fais ?

Jesse s'est contenté de hocher la tête.

— Comment ça ? Tu le sais parfaitement. Tu l'as déjà fait des centaines de fois.

Il s'est penché en avant jusqu'à ce que son visage ne soit qu'à quelques centimètres du mien.

Au lieu de m'embrasser comme je l'espérais, le cœur battant à cent à l'heure, il a dit en détachant bien chaque syllabe :

— Tu es mediator, Susannah. Va faire ton travail.

J'ai ouvert la bouche pour lui faire savoir que je doutais fortement que la présence de Michael dans ma maison soit liée à un quelconque problème d'ectoplasmes, vu qu'il ne savait pas que j'en connaissais un rayon dans le domaine. Il était bien plus vraisemblablement venu me proposer un rancard. Ce qui n'avait jamais traversé l'esprit de Jesse : ça ne devait pas se faire à son époque. Alors que c'était le quotidien des filles du XXIe siècle. Enfin, pas vraiment mon quotidien à moi, mais disons que c'était une pratique très répandue.

Je comptais lui faire remarquer que ça allait gâcher cette magnifique occasion d'être tous les deux seuls quand la sonnette de la porte d'entrée a retenti. J'ai entendu Doc hurler, à l'autre bout de la maison :

— J'y vais !

— La poisse ! ai-je lâché en enfouissant ma tête dans mes mains.

— Susannah, a dit Jesse d'une voix pleine de sollicitude, ça va ?

Je me suis reprise. À quoi pensais-je ? Michael Meducci n'était pas là pour me proposer de sortir avec lui. Si c'était son intention, il m'aurait appelée, comme une personne normale. Non, c'était une autre raison qui l'amenait. Je n'avais aucun souci à me faire. Absolument aucun.

— Tout va bien, ai-je répondu en me hissant lentement sur mes pieds.

— Ça n'a pas l'air.

— Ça va.

Je me suis glissée dans ma chambre par la fenêtre ouverte, comme le fait Paillasson.

J'étais presque entièrement à l'intérieur quand j'ai entendu le coup redouté contre ma porte.

— Entrez, ai-je lancé.

J'étais affalée sur le petit banc devant la fenêtre lorsque Doc a passé sa tête.

— Suze, a-t-il murmuré, il y a un *garçon* pour toi. Je crois que c'est celui dont tu parlais au dîner. Tu sais, celui du centre commercial.

— Je sais, ai-je lancé au plafond.

— Et… (Il gigotait comme une puce.) Qu'est-ce que tu veux que je fasse ? Enfin, c'est-à-dire… ta mère m'a envoyé te prévenir. Tu veux que je dise que tu es sous la douche ou un truc dans le genre ?

La voix de Doc était de plus en plus sèche.

— C'est ce que les filles demandent toujours à leurs frères de répondre quand on les appelle, mes copains et moi.

J'ai tourné la tête vers lui. Si je devais être coincée sur une île déserte avec un frère Ackerman, je choisirais sans hésiter Doc. Rouquin, le visage constellé de taches de rousseur, des oreilles qui avaient grandi plus vite que le reste, il n'en était pas moins, à seulement douze ans, le plus malin de mes demi-frères.

À l'idée qu'une fille puisse inventer une excuse pour éviter de lui parler, mon sang n'a fait qu'un tour.

Je n'allais pas servir un bobard à Michael Meducci. C'était peut-être un pauvre type. Et il n'avait sans doute pas agi avec beaucoup d'élégance plus tôt dans l'après-midi. Mais il n'en restait pas moins un être humain.

Enfin, j'imagine.

— Dis-lui que je descends tout de suite, ai-je répondu.

Doc a eu l'air soulagé. Il a souri, révélant un appareil dentaire étincelant.

— Entendu, a-t-il dit avant de s'éclipser.

J'ai bondi sur mes pieds et me suis dirigée en sautillant jusqu'au miroir de la coiffeuse. La Californie avait eu un effet très positif sur mon teint et mes cheveux. Ma peau – légèrement hâlée seulement grâce à l'application régulière de crème solaire – ne nécessitait aucun maquillage. J'avais abandonné l'idée de lisser mes longs cheveux châtain et conservais donc leurs boucles naturelles. Un petit peu de gloss, et j'étais prête. Je n'ai pas pris la peine de me changer, je ne voulais pas qu'il ait une crise cardiaque après tout...

Michael m'attendait dans le salon. Les mains enfouies dans les poches de son pantalon, il observait sur le mur les photos nous représentant, mes demi-frères et moi. Mon beau-père, carré dans un fauteuil dans lequel il ne s'asseyait jamais, lui parlait. À mon entrée, il s'est tu avant de se lever.

— Bien, bien, a-t-il repris après quelques secondes de silence. Je vais vous laisser tous les deux, alors.

Puis il est sorti. À contrecœur. Ce qui était plutôt étrange, étant donné qu'Andy ne porte qu'un intérêt superficiel à mes affaires, à moins qu'elles n'impliquent la police.

— Suze...

Je lui ai adressé un sourire d'encouragement tant sa nervosité était perceptible.

— Salut, Mike. Tout va bien ? Pas de blessure grave ?

En me retournant un sourire sans doute pas aussi franc qu'il l'aurait souhaité, il m'a répondu :

— Aucune blessure grave. Sauf pour ma fierté.

Pour tenter de dissiper la tension, je me suis affalée dans l'un des fauteuils – celui que ma mère a recouvert d'un plaid et sur lequel le chien vient toujours se coucher, en dépit de ses cris.

— Eh, ce n'est pas ta faute si les employés du centre commercial n'ont pas été fichus de fixer correctement leurs décorations pour mardi gras.

Je l'ai observé attentivement pour voir comment il allait répondre. *Savait-il ?*

Il s'est laissé glisser dans le fauteuil qui faisait face au mien.

— Ce n'est pas ce à quoi je pensais. J'ai honte de la façon dont je me suis conduit aujourd'hui. Au lieu de te remercier, je… eh bien, j'ai été grossier, et je suis venu m'excuser. J'espère que tu accepteras de me pardonner.

Il ne savait pas. Il ne savait pas pourquoi ce mannequin lui était tombé dessus, ou alors c'était le meilleur acteur du monde.

— Mmm, bien sûr. Je te pardonne. Sans problème.

— C'est seulement…

Michael s'est relevé et s'est mis à faire les cent pas dans le salon. Notre maison est la plus ancienne du voisinage. Il y a même un impact de balle dans l'un des murs, rappelant qu'à l'époque de Jesse notre foyer était le repaire de joueurs, de chercheurs d'or et de jeunes hommes attendant leur future épouse. Andy l'avait restaurée de la cave au grenier – à l'exception de l'impact, qu'il avait tenu à encadrer –, mais le plancher craquait au gré des allées et venues de Michael.

— C'est juste que quelque chose m'est arrivé ce week-end, a-t-il expliqué face à la cheminée, et que depuis… eh bien, des trucs étranges se produisent.

Donc il savait. Il savait *quelque chose*, en tout cas. J'étais soulagée. Je n'aurais pas à lui dire.

— Des trucs comme ce mannequin qui se détache ? ai-je demandé même si je connaissais déjà la réponse.

— Oui. Et d'autres encore. Mais je ne veux pas t'embêter avec mes ennuis. Je me sens suffisamment mal après ce qui s'est passé.

— Eh ! Tu étais bouleversé. C'est normal. Il n'y a vraiment aucun souci. Écoute, pour ce qui t'est arrivé ce week-end, est-ce que tu veux…

— *Non.*

Michael, si discret habituellement, parlait avec une véhémence que je ne lui connaissais pas.

— Ce n'est pas normal. Ce n'est pas normal, et ce n'est pas non plus excusable. Suze, tu as déjà… Je veux parler de cette affaire entre Brad et toi…

Je l'ai regardé sans comprendre. Je n'avais aucune idée de là où il voulait en venir. Alors que, à la réflexion, j'aurais dû. J'aurais vraiment dû.

— Et quand tu m'as sauvé la vie au centre commercial… J'espérais te montrer que je ne suis pas comme ça – le genre de gars qui a besoin d'une fille pour le défendre. Et là, tu l'as encore fait…

Ma mâchoire s'est décrochée. Cette conversation ne prenait vraiment pas la bonne direction.

— Michael…

Il a levé une main pour m'interrompre.

— Non, laisse-moi finir. Je te suis reconnaissant, Suze. Et j'apprécie ce que tu as fait pour moi. Simplement… si tu acceptais de sortir avec moi vendredi soir, je te montrerais que je ne suis pas la poule mouillée que tu côtoies depuis le début de notre relation.

J'étais médusée. Comme si les rouages de mon cerveau s'étaient mis au ralenti avant de s'arrêter complètement. J'étais incapable de réfléchir. Un seul mot tournait en boucle dans mon esprit. *Relation.* Mais quelle *relation ?*

— J'ai déjà demandé à ton père, a-t-il repris depuis le milieu de la pièce, où il se tenait. Il est d'accord si tu es rentrée pour onze heures.

Mon père ? Il avait demandé à mon *père ?* J'ai imaginé Michael en train de discuter avec mon père, qui était mort dix ans plus tôt mais dont le fantôme faisait de fréquentes apparitions pour m'embêter au sujet de mes piètres qualités de conductrice notamment. Il prendrait un sacré pied à me parler de Michael, j'en suis sûre.

— Je veux dire ton beau-père.

Michael s'est corrigé de lui-même, comme s'il pouvait lire dans mes pensées.

Mais comment aurait-il pu le faire quand elles étaient si confuses ? Ça n'allait pas. Pas du tout. Ça n'aurait pas dû se passer ainsi. Michael aurait dû me parler de l'accident de voiture. J'aurais répondu d'une voix pleine d'empathie que j'étais déjà au courant. Puis je l'aurais mis en garde contre les fantômes ; soit il ne m'aurait pas crue, soit il m'aurait voué une reconnaissance éternelle, et l'affaire aurait été réglée – sauf qu'il m'aurait encore fallu retrouver les Anges de Stevenson, bien entendu, et apaiser leur colère meurtrière avant qu'ils ne parviennent à lui mettre le grappin dessus.

Voilà comment ça aurait *dû* se dérouler. Il n'était pas censé me proposer de *sortir avec lui*. Ça ne faisait pas partie du programme.

J'ai ouvert la bouche – pas d'étonnement, cette fois, mais pour lui dire : *Mince, non, Michael, je suis désolée, mais je suis prise ce vendredi*… comme tous les vendredis du reste de ma vie d'ailleurs – quand une voix familière s'est élevée dans mon dos :

— Réfléchis bien avant de refuser, Susannah.

J'ai tourné la tête : Jesse était assis dans le fauteuil que Michael avait libéré.

— Il a besoin de ton aide, Susannah, a-t-il poursuivi de son timbre doux et profond. Il est sérieusement menacé par les esprits de ceux qu'il a tués – même si c'était accidentel. Et tu ne réussiras pas à le protéger à distance. Si tu le rejettes maintenant, il n'acceptera jamais que tu t'approches de lui ; et tu en auras besoin pour l'aider plus tard, quand ça deviendra indispensable.

J'ai plissé les yeux. Je ne pouvais pas répondre à Jesse, évidemment, puisque Michael m'aurait prise pour une folle. Mais, si j'en avais eu la possibilité, voici ce que je lui aurais dit : *Écoute, ça va un peu loin, tu ne crois pas ?*

Pourtant Jesse avait raison. Le seul moyen de surveiller les Anges, c'était de garder un œil sur Michael.

J'ai poussé un soupir.

— O.K., vendredi, c'est parfait.

Je vous épargnerai la réponse de Michael. C'était bien trop embarrassant pour que je le répète. Cela dit, Bill Gates était sans doute pareil au lycée, et regardez ce qu'il est devenu. Je parie que toutes les filles qui l'ont connu à cette époque se reprochent aujourd'hui d'avoir refusé de l'accompagner au bal de promo, ou ailleurs.

Pour être honnête, j'avais beau me le seriner, ça ne marchait pas très bien. Même s'il possédait des milliards de dollars, jamais Michael Meducci ne fourrerait sa langue dans ma bouche.

Il a fini par partir, et je suis remontée dans ma chambre en ronchonnant – enfin, pas avant d'avoir subi un interrogatoire en règle de ma mère, qui a surgi dès qu'elle a entendu la porte d'entrée se refermer et a voulu tout savoir sur les parents de Michael, leur maison, l'endroit où nous irions vendredi soir... Et pourquoi n'étais-je pas plus excitée ? Un garçon m'avait invitée à sortir !

Quand j'ai enfin retrouvé ma chambre, Gina était là. Allongée sur son lit, elle faisait mine de lire un magazine et d'ignorer tout de ma soirée. Je l'ai enjambée, lui ai arraché sa revue des mains et l'ai abattue sur sa tête.

— D'accord, d'accord, a-t-elle dit en se protégeant avec ses bras et en gloussant. Je suis au courant. Tu as accepté ?

— Qu'est-ce que j'aurais pu faire d'autre ? ai-je demandé en me laissant tomber sur mon propre lit. Il pleurait presque.

Je me suis sentie déloyale de dire une chose pareille. Les yeux de Michael, derrière les verres de ses lunettes, étaient, il est vrai, particulièrement brillants. Mais il ne pleurait pas vraiment.

— Oh mon Dieu, a lancé Gina. Je n'en reviens pas que tu sortes avec un boutonneux.

— Ouais, eh bien, on ne peut pas dire que tu aies fait la difficile ces derniers temps, Gi.

Gina a roulé sur le ventre et m'a regardée sérieusement.

— Jake n'est pas aussi pourri que tu le crois, Suze. Il est même adorable.

J'ai résumé la situation en un mot : beurk !

Gina s'est remise sur le dos en lâchant un rire.

— Et alors ? Je suis en vacances. Ce n'est pas comme si ça risquait de déboucher sur quoi que ce soit.

— Promets-moi simplement que tu n'auras pas… je ne sais pas. Que tu n'entreras en contact avec aucun d'entre eux…

Le sourire de Gina s'est encore agrandi.

— Et toi ? Tu as l'intention d'emballer le boutonneux ?

J'ai pris un de mes oreillers et le lui ai lancé. Elle s'est assise en riant.

— Qu'est-ce qu'il y a ? Ce n'est pas le bon ?

Je me suis affalée contre les autres oreillers. J'ai entendu le bruit familier des pas de Paillasson sur le toit de la véranda.

— Le bon quoi ? ai-je demandé.

— Tu sais bien. Le bon. Celui dont la voyante t'a parlé.

— Quelle voyante ? Qu'est-ce que tu racontes ?

— Oh, allez. Madame Zara. Tu te rappelles ? On l'a rencontrée pendant la kermesse, en sixième je crois. Et elle a évoqué cette histoire de mediator.

— Oh.

Je suis restée parfaitement immobile. Je craignais, en bougeant ou en prononçant un mot, d'en révéler plus que je ne le souhaitais. Gina était au courant… mais seulement un peu. Pas suffisamment pour *savoir*.

Du moins, c'est ce que je croyais.

— Tu ne te souviens pas de ce qu'elle a ajouté ? Sur toi ? Que tu n'aurais qu'un seul amour dans ta vie, mais qu'il durerait jusqu'à la fin des temps…

Je fixais la bordure de dentelle du baldaquin au-dessus de mon lit. Ma gorge s'était subitement asséchée. J'ai répondu :

— Je ne me rappelle pas ça.

— C'est parce que tu n'as pas vraiment écouté ce qu'elle racontait après cette histoire de mediator : tu étais sous le choc. Oh, regarde. C'est ce… chat.

Gina a évité de définir davantage Paillasson, qui venait d'entrer par la fenêtre. Il s'est approché de sa gamelle et a miaulé pour avoir à manger. Apparemment, le souvenir de ce qui lui était arrivé la dernière fois qu'elle l'avait affublé d'un nom d'oiseau – les cabrioles du vernis à ongles fou – était encore très frais dans sa mémoire. Autant, apparemment, que ce que cette diseuse de bonne aventure nous avait dit plusieurs années auparavant.

Un amour qui durerait jusqu'à la fin des temps.

Je me suis rendu compte, en me levant pour aller chercher le sachet de croquettes de Paillasson, que mes paumes étaient moites.

— Ça ne te tuerait pas que Michael Meducci soit ton seul et unique amour ?

— Si ! ai-je répondu sans réfléchir.

Mais ce n'était pas lui. Si cette histoire était vraie – et je n'avais aucune raison d'en douter, puisque Madame Zara était la seule personne au monde avec le père Dominic à avoir deviné ce truc de mediator –, je savais parfaitement de qui il s'agissait.

Et ce n'était pas Michael Meducci.

7

Pourtant, Michael a tout fait pour.

Le lendemain matin, il m'attendait devant l'Académie quand je suis arrivée avec Gina, Dormeur, Stone et Doc pour le premier cours. Il m'a proposé de porter mes livres. Me répétant que les Anges de Stevenson pouvaient débarquer à n'importe quel moment et tenter, une nouvelle fois, de l'assassiner, je l'ai laissé faire. Je le préférais collé à mes basques plutôt qu'allant s'attirer des ennuis Dieu seul sait où.

C'était loin d'être une partie de plaisir, malgré tout. Derrière nous, Stone passait son temps à faire semblant de dégobiller, et je dois dire que l'imitation était convaincante.

Plus tard, pendant le déjeuner, que j'ai l'habitude de partager avec Adam et Sissi – ce jour-là, nous bénéficiions également de la présence des groupies de Gina (Dormeur, Stone et environ une demi-douzaine de garçons que je ne connaissais pas et qui cherchaient désespérément à capter l'attention de ma meilleure amie) –, Michael nous a demandé la permission de se joindre à nous. Une fois de plus, je n'avais pas d'autre choix qu'accepter.

Encore plus tard, quand, en nous rendant à la Rambler, quelqu'un a suggéré d'utiliser au mieux les quatre ou cinq heures de soleil restant en allant sur la plage pour faire nos devoirs, Michael devait être dans le coin. Comment expliquer autrement qu'il nous ait rejoint, une heure après, un pliant à la main ?

— Oh mon Dieu, a lancé Gina depuis sa serviette de plage. Ne bouge pas, mais l'amour de ta vie est là.

J'ai levé le nez et étouffé un grognement. Avant de lui ménager une place.

— Tu es cinglée ? m'a demandé Sissi.

Question intéressante de la part d'une fille installée à l'ombre d'un parasol – ce qui était parfaitement compréhensible vu le nombre de fois où elle avait atterri à l'hôpital à cause d'un coup de soleil –, en prime affublée d'un chapeau de pluie bien enfoncé sur le crâne, d'un pantalon et d'un tee-shirt à manches longues. Gina, étendue au soleil telle une princesse nubienne, lui avait demandé si elle comptait embarquer sur un chalutier.

— Je suis très sérieuse, Suze, a poursuivi Sissi quand Michael s'est approché. Tu ferais mieux d'étouffer cette relation dans l'œuf, et sans tarder.

— Je ne peux pas, ai-je marmonné en déplaçant mes cahiers et mes livres de cours pour Michael et son pliant.

— Comment ça, tu ne *peux* pas ? Tu n'as eu aucune difficulté à dire à Adam d'aller se faire voir ces deux derniers mois. Non que je n'apprécie pas, a-t-elle ajouté le regard perdu vers les vagues où tous les garçons, y compris Adam, surfaient.

— C'est une longue histoire, ai-je répondu.

— J'espère que tu ne fais pas ça par pitié, à cause de ce qui est arrivé à sa sœur, a-t-elle ronchonné. Sans parler de ces ados tués.

— Chut ! Il arrive.

Et il est en effet arrivé, a éparpillé ses affaires, renversé un soda glacé sur le dos de Gina et mis un temps incroyablement long à déplier sa chaise. J'ai fait preuve de toute la patience dont j'étais capable, me répétant que j'étais le seul rempart l'empêchant de finir en chair à saucisse.

Pour être honnête, j'avais du mal à croire à cet instant précis – sur la plage, au soleil – que des êtres aussi malintentionnés que des fantômes animés d'un esprit de vengeance puissent exister. Tout était si… parfait.

Du moins jusqu'à ce qu'Adam prétexte le besoin de faire une pause et vienne en réalité s'affaler dans le sable à côté de nous pour exhiber les quatre ou cinq poils de son torse. Michael a alors levé le nez de son livre de maths et demandé :

— Ça t'embête si je t'emprunte ta planche ?

Adam, la crème des garçons, a haussé les épaules.

— Te gêne pas. Les vagues ne sont pas démentes, mais tu pourras en trouver une ou deux qui valent le coup. L'eau est froide, cela dit. Tu ferais mieux de prendre ma combinaison.

Gina, Sissi et moi, nous avons donc regardé, avec un intérêt relatif, Adam, vêtu d'un simple slip de bain, quitter son machin en gomme noire pour le passer à Michael, qui a vivement retiré ses lunettes et sa chemise.

Gina a agrippé mon poignet, avant d'y planter ses ongles.

— Oh mon Dieu, a-t-elle soufflé.

J'ai jeté un bref coup d'œil à Sissi : elle aussi fixait, médusée, Michael Meducci.

— Pourrais-tu me les garder ? a-t-il demandé en s'agenouillant à côté de moi pour me confier ses lunettes.

Mes yeux ont croisé les siens, et j'ai remarqué pour la première fois qu'ils étaient d'un bleu profond et lumineux.

— Bien entendu, me suis-je entendue murmurer.

Il a souri avant de se redresser, d'attraper la planche d'Adam et, après nous avoir adressé un petit signe de tête, de se précipiter vers les vagues.

— Oh mon Dieu, a répété Gina.

Adam, qui se vautrait dans le sable à côté de Sissi, s'est redressé sur un coude et nous a interrogées :

— Quoi ?

Quand Michael a eu rejoint Dormeur, Stone et leurs potes dans l'eau, Gina a lentement tourné son visage vers le mien.

— Tu as vu ça ?

J'ai acquiescé en silence.

— Mais ça… ça…, a bredouillé Sissi. Ça défie toute logique.

Adam s'est assis.

— De quoi est-ce que vous parlez, les filles ? a-t-il voulu savoir.

Nous étions incapables de faire autre chose que secouer nos têtes. Il n'y avait pas de mots.

Pas de mots pour expliquer que Michael Meducci, en dépit des apparences, était gaulé comme un dieu.

— Il doit faire au moins trois heures de muscu par jour, a suggéré Sissi.

— Plutôt cinq, a rétorqué Gina.

— Il pourrait me porter à bout de bras, ai-je ajouté.

Elles ont toutes deux acquiescé.

— Les filles, vous êtes en train de parler de Michael Meducci ?

Nous avons ignoré Adam. Comment faire autrement ? Nous venions d'avoir une révélation.

— Tout ce qui lui faudrait, a poursuivi Gina, c'est

oublier son ordinateur de temps en temps pour prendre des couleurs.

— Non, ai-je répliqué, ne supportant pas l'idée de ce corps parfaitement modelé menacé par un cancer de la peau. Il est parfait comme il est.

— Un léger hâle, a persisté Gina. Même avec un indice 15, il bronzerait un peu. C'est tout ce qui lui manque.

— Non.

— Suze a raison, m'a appuyée Sissi. Il est parfait ainsi.

— Je rêve ! a dit Adam en se laissant retomber dans le sable. *Michael Meducci !* Je n'en reviens pas que vous parliez comme ça de *Michael Meducci*.

Comment faire autrement ? D'accord, ce n'était pas le meilleur surfeur. Nous nous en sommes rendu compte quand une petite vague, que Dormeur et Stone prenaient facilement, l'a renversé. Mais on ne pouvait pas en demander trop. Car, pour le reste, c'était une bombe atomique.

Quand il a été emporté par une vague plus grosse, nous ne nous sommes pas inquiétés tout de suite, même s'il ne refaisait pas surface. Le surf n'est pas une activité que je tiens particulièrement à essayer – j'adore le sable mais n'ai aucune affection pour l'eau. Ce serait même plutôt le contraire. La flotte me fout les chocottes, parce qu'on ne sait jamais ce qui se cache dans ses profondeurs troubles. Cela dit, j'avais suffisamment observé Dormeur et Stone pour savoir que les surfeurs disparaissent souvent assez longtemps avant de réapparaître beaucoup plus loin, généralement un gigantesque sourire aux lèvres et le pouce dressé pour indiquer qu'ils vont bien.

Mais Michael semblait mettre beaucoup trop longtemps à resurgir. Nous avons vu la planche d'Adam rebondir sur une énorme vague pour venir s'échouer, seule, sur le rivage. Toujours aucun signe de Michael.

Le sauveteur – le grand blond qui avait tenté de porter secours à Stone – s'est redressé dans son siège et a porté les jumelles à son visage.

Je n'en ai pas eu besoin pour voir ce qui a suivi. C'est-à-dire Michael refaisant enfin surface. Mais à peine était-il remonté qu'il disparaissait à nouveau. Et pas à cause d'un contre-courant.

Non. Ce que j'ai vu très nettement, c'est que Michael était entraîné par une corde d'algues enroulée autour de son cou...

Une corde qui n'était pas mue par l'opération du Saint-Esprit, oh non ! mais tirée par une paire de mains.

Une paire de mains appartenant à quelqu'un qui se trouvait dans l'eau à ses côtés.

Quelqu'un qui n'avait pas besoin de reprendre son souffle. Parce qu'il était déjà mort.

Je dois préciser que j'ai fait ce qui a suivi sans réfléchir. Si j'avais pris le temps de penser à tout ça, je serais restée exactement là où je me trouvais et j'aurais prié pour un miracle. Tout ce que je peux ajouter pour ma défense, c'est que je fréquente des âmes tourmentées depuis tellement d'années que j'obéis plus à mon instinct qu'à ma cervelle.

C'est pourquoi, comme le sauveteur se précipitait vers Michael, son flotteur orange à la main, j'ai bondi pour le suivre.

J'ai peut-être trop regardé *Les Dents de la mer*, mais je mets un point d'honneur à ne pas m'aventurer au-delà d'une certaine limite : l'eau ne doit pas dépasser ma taille. Quand j'ai senti que le sol sablonneux sur lequel je prenais appui se dérobait sous mes pieds, j'ai essayé de me convaincre que les bonds de mon cœur étaient dus à la poussée d'adrénaline et non à la peur.

Vaine tentative. Quand j'ai compris qu'il faudrait nager, j'ai complètement paniqué. Je me suis maintenue à la surface – je connais les mouvements, c'est déjà ça. Mais les pensées se bousculaient dans ma tête. *Oh mon Dieu, faites que rien de dégoûtant, genre une anguille, ne vienne me frôler. Ne laissez pas une méduse me piquer. Empêchez les requins de me couper en deux.*

En réalité, des soucis bien plus importants que les anguilles, les méduses ou les requins m'attendaient.

J'entendais, au loin, des voix qui criaient. Gina, Sissi et Adam, ai-je supputé dans la partie de mon cerveau qui n'était pas paralysée par la peur. Me hurlant de sortir de l'eau. Qu'est-ce que j'espérais faire d'ailleurs ? Le sauveteur avait la situation parfaitement en main.

Mais le sauveteur ne pouvait pas voir – ni combattre par la même occasion – les bras qui cherchaient à noyer Michael.

J'ai observé le sauveteur, qui ne se doutait absolument pas, j'en suis certaine, qu'une cinglée l'avait suivi dans l'eau. Il a laissé l'énorme vague qui venait vers nous le soulever doucement pour se rapprocher de l'endroit où Michael avait disparu. J'ai imité sa technique, et je n'ai réussi qu'à boire la tasse. Mes yeux me piquaient, et mes dents commençaient à claquer. L'eau était vraiment très, très froide sans combinaison.

Soudain, à quelques mètres de moi, Michael a émergé, cherchant à reprendre son souffle tout en agrippant les algues qui enserraient son cou. En deux brasses, le sauveteur s'est retrouvé à ses côtés, lui a tendu le flotteur orange et l'a enjoint de se détendre. Tout irait bien.

Non, tout n'irait pas bien. Tandis que le sauveteur lui servait son laïus, j'ai vu une tête surgir derrière Michael. Bien que ses cheveux mouillés fussent plaqués sur son visage, j'ai reconnu Josh, le leader des Anges de Stevenson – ce sympathique petit groupe prêt à tout… et surtout au pire.

Je ne pouvais pas parler, bien sûr – mes lèvres avaient sans doute viré au bleu. Mais je pouvais toujours frapper. J'ai décroché un bon coup, à la puissance décuplée par l'angoisse de ne sentir rien d'autre que de l'eau sous mes pieds.

Josh n'avait aucun souvenir de moi, ou bien il ne me reconnaissait pas avec mes cheveux mouillés. Quoi qu'il en soit, il ne me prêtait aucune attention.

Jusqu'à ce que mon poing rencontre son cartilage nasal, s'entend.

Les os ont craqué avec un bruit plus que satisfaisant. Josh a poussé un hurlement de douleur que je suis la seule à avoir entendu.

Du moins, je le croyais. C'était compter sans le reste de la bande.

J'ai été brusquement attirée dans les vagues par deux paires de mains qui s'étaient saisies de mes chevilles.

Une petite précision s'impose. Si, pour le reste de l'humanité, les fantômes n'ont aucune consistance – la plupart du temps, vous les traversez sans même vous en rendre compte, ou alors vous ressentez un petit frisson, comme Kelly et Debbie à la supérette –, pour un mediator, ils sont comme faits de chair et d'os. Mon coup de poing dans le pif de Josh en était une illustration parfaite.

Comme ils n'ont aucune consistance pour les autres humains, les fantômes doivent recourir à des méthodes plus originales pour attaquer leurs victimes. D'où les algues.

Quant à moi, n'étant pas soumise aux lois gouvernant les relations entre les humains et les fantômes, j'ai été prise au dépourvu par la rapidité avec laquelle les Anges tiraient profit de leur avantage.

Je vais être honnête. J'ai compris à ce moment-là que j'avais fait une grave erreur. C'est une chose de se battre avec les méchants sur la terre ferme, où, il faut bien le reconnaître, je ne manque pas de ressources et où – je crois pouvoir le dire sans passer pour prétentieuse – je me révèle plutôt agile.

Et c'en est une tout autre de lutter sous l'eau avec quelque chose qui n'a pas besoin de reprendre son souffle aussi souvent que moi. Les fantômes respirent – certaines habitudes ont la peau dure –, même si c'est inutile, et parfois, quand ils sont morts depuis suffisamment longtemps, ils s'en rendent compte. Les Anges de Stevenson ne sont pas des vieux de la vieille, mais, ayant perdu la vie sous l'eau, il se pouvait qu'ils aient une longueur d'avance sur leurs pairs ectoplasmiques.

Compte tenu des circonstances, l'alternative était la suivante : abandonner, laisser l'eau remplir mes poumons et m'asphyxier, ou paniquer pour de bon, frapper tout ce qui m'approchait et faire regretter à ces foutus fantômes de ne pas être tranquillement passés de l'autre côté.

J'imagine que personne ne sera surpris d'apprendre – sauf moi, peut-être – que j'ai choisi la deuxième option.

Les mains enroulées autour de mes chevilles étaient

reliées à des corps surmontés de têtes – il m'avait fallu un certain temps pour arriver à cette conclusion, tant j'étais désorientée. Il n'y a rien de plus déplaisant, je le sais d'expérience, qu'un coup de pied en pleine face. J'ai donc lancé mes jambes de toutes mes forces dans la direction supposée de ces têtes, et j'ai eu le plaisir de sentir sous mes talons que j'avais bien visé.

Ensuite, avec mes bras, qui étaient toujours libres, j'ai donné un grand coup et suis remontée à la surface pour prendre une profonde inspiration – et vérifier que Michael s'en était bien sorti, ce qui était le cas : le sauveteur le traînait vers le rivage – avant de replonger à la recherche de mes attaquants.

Je les ai retrouvés facilement. Ils portaient toujours leurs tenues de soirée, et les robes des filles flottaient autour d'elles comme des algues. J'en ai attrapé une et l'ai tirée vers moi ; j'ai découvert, dans l'eau trouble, le visage ébahi de Felicia Bruce. Sans lui laisser le temps de réagir, je lui ai enfoncé mon pouce dans l'œil. Elle a crié, mais, comme nous étions sous l'eau, je n'ai rien entendu. En revanche, j'ai vu une colonne de bulles remonter vers la surface.

C'est à ce moment-là que quelqu'un m'a coincée par-derrière. J'ai réagi en projetant ma tête en arrière aussi fort que possible, et mon crâne est entré violemment en contact avec le front de mon agresseur. Les bras qui m'emprisonnaient m'ont aussitôt lâchée, et je me suis retournée : Mark Pulsford s'éloignait rapidement. Quel sacré joueur de foot ce devait être, s'il était incapable d'encaisser un coup de boule.

J'avais un besoin urgent de reprendre mon souffle, j'ai donc suivi les bulles de Felicia et refait surface au même moment que les fantômes.

Nos cinq têtes émergeaient désormais au milieu des flots.

— Omondieu ! a lancé Carrie (contrairement à moi, ses dents ne claquaient pas). C'est cette fille. Celle de Chez Jimmy. Je vous avais dit qu'elle pouvait nous voir.

Josh, dont le nez s'était miraculeusement remis en place, comme dans les dessins animés, n'en était pas moins excédé par ma présence. Même mort, un nez cassé peut être sacrément douloureux.

— Eh, m'a-t-il lancé alors que je m'agitais pour maintenir ma tête hors de l'eau, c'est pas tes oignons, d'accord ? Reste en dehors de tout ça !

J'ai voulu lui répondre : « Ah ouais ? Alors écoute-moi bien. Je suis mediator, et vous avez le choix. Accéder au monde des morts avec ou sans dents. Qu'est-ce que vous préférez ? »

Malheureusement, ma mâchoire claquait tellement fort que ne sont sortis de ma bouche que des borborygmes bizarres du genre : *Ahais ? Acoutebien. Jeator et…*

Vous voyez le genre.

Puisque la méthode du père Dominic – ramener

les fantômes à la raison – n'avait pas l'air de marcher dans ce cas particulier, j'ai laissé tomber. J'ai attrapé la corde d'algues avec laquelle ils avaient tenté d'étrangler Michael, et je l'ai enroulée autour du cou des deux filles, qui se trouvaient à côté de moi. Elles ont eu l'air extrêmement surprises de se retrouver prises au piège comme deux vaches aquatiques.

Je ne peux pas vous dire ce que j'avais derrière la tête, mais mon plan consistait sans doute – même si je ne me le formulais pas aussi nettement – à les traîner jusqu'à la plage, où je pourrais leur botter les fesses.

Pendant que les filles essayaient de se libérer, les garçons ont foncé sur moi. Ça m'était complètement égal. Ils m'avaient mise dans une colère noire. Ils avaient gâché un agréable après-midi à la plage et tenté de noyer mon prétendant. Même si Michael me tapait un peu sur le système, je n'avais aucune envie de le voir mourir sous mes yeux – encore moins depuis que je savais qu'une bombe sexuelle se cachait sous son tricot de corps.

Maintenant les filles d'une main, j'ai utilisé l'autre pour attraper Josh par – eh oui, évidemment – les cheveux.

Cette manœuvre s'est révélée extrêmement efficace – il s'est immédiatement tordu de douleur –, mais j'avais négligé deux éléments. Primo, Mark, qui était toujours libre de ses mouvements. Secundo, l'océan et ses vagues. N'importe quelle personne intelligente aurait anticipé ces problèmes, mais la colère m'aveuglait.

Ce qui explique comment, une seconde plus tard, j'ai été violemment attirée vers le fond.

Laissez-moi vous dire quelque chose : il y a sûrement des façons de mourir bien plus agréables que de s'étouffer avec de l'eau salée. Ça brûle, vous n'avez pas idée.

Et j'en ai avalé une sacrée quantité, d'abord à cause d'une vague qui m'a emportée, ensuite à cause de Mark, qui a attrapé ma cheville, m'empêchant de remonter à la surface.

Je dois bien reconnaître un truc : c'est super tranquille sous l'eau. Vraiment tranquille, je veux dire. Disparus le cri des mouettes, le bruit des vagues, le braillement des surfeurs. Non, sous la mer, il n'y a que vous et l'eau. Et les fantômes qui cherchent à vous tuer.

Parce que, bien évidemment, je n'avais pas lâché les algues qui entravaient les deux filles. Et je n'avais pas non plus abandonné les cheveux de Josh.

Contre toute attente, ça me plaisait plutôt là-dessous. Ce n'était pas si mal, franchement. En oubliant le froid, le sel et la possibilité qu'à n'importe quel moment un requin de six mètres m'emporte une jambe, eh bien, c'était même presque agréable.

J'ai dû perdre conscience l'espace de quelques secondes. C'est forcé. Je ne me serais jamais accrochée à ces fantômes idiots, sinon, et surtout je n'aurais jamais trouvé que c'était agréable d'être engloutie sous des tonnes d'eau salée.

Quand je suis revenue à moi, quelque chose me tirait, et il ne s'agissait pas de l'un des ectoplasmes. J'étais traînée *vers* la surface. J'ai aperçu les derniers rayons du soleil jouant dans les vagues, ainsi qu'un éclair de couleur orange et une masse de cheveux blonds. Je me suis interrogée sur la présence du gentil sauveteur.

Je me suis soudain fait beaucoup de souci pour lui, parce qu'il y avait une bande de fantômes sanguinaires dans le coin et qu'ils pouvaient très bien essayer de le blesser.

En regardant autour de moi, j'ai découvert, à ma grande surprise, qu'ils avaient tous disparu. Je tenais toujours les algues et mon autre main était repliée, comme pour agripper quelque chose – des cheveux, en l'occurrence. Mais il n'y avait rien. Rien que la mer.

Les poules mouillées, ai-je pensé. Les trouillards. Vous avez tâté de mon ire et vous ne vous êtes pas sentis à la hauteur, hein ? Eh bien, que cela vous serve de leçon ! On ne déconne pas avec un mediator.

Il s'est ensuite produit quelque chose qui attirera sans doute l'opprobre sur les mediators pour la nuit des temps : je me suis évanouie.

8

Je ne sais pas si vous êtes déjà tombé dans les vapes, mais laissez-moi vous dire ceci : évitez.

Franchement. Si vous pouvez fuir les situations dans lesquelles l'évanouissement est un risque, je vous en prie, faites-le. Quelles que soient les circonstances, ne défaillez pas. Croyez-moi. Ce n'est pas de la rigolade. Pas du tout.

À moins, bien entendu, d'avoir la garantie de bénéficier du bouche-à-bouche d'un sauveteur californien hyper sexy. Dans ce cas, foncez.

C'est exactement ce qui m'est arrivé quand j'ai rouvert les yeux, cet après-midi-là, sur la plage de Carmel. Alors qu'une seconde plus tôt j'avalais des litres de flotte salée, je me suis réveillée les lèvres de Brad Pitt – ou en tout cas de quelqu'un qui lui ressemblait comme deux gouttes d'eau – collées aux miennes. Quand le sauveteur s'est éloigné de mon visage, j'ai constaté que la peau autour de ses yeux bleus était plissée par l'inquiétude – et les ravages du soleil : il aurait dû utiliser de la crème.

— Mademoiselle ? Mademoiselle, vous m'entendez ?

— Suze, a ajouté une voix familière (Gina ? en Californie ?), elle s'appelle Suze.

— Suze, a repris le sauveteur en me donnant des tapes plutôt vigoureuses sur les joues, cligne des yeux si tu comprends.

Il ne peut absolument pas être l'amour de ma vie. Il me prend pour une débile. Et pourquoi continue-t-il à me frapper ?

— Oh mon Dieu ! (La voix de Sissi était plus haut perchée que d'habitude.) Est-ce qu'elle est paralysée ?

Pour leur prouver que ce n'était pas le cas, je me suis assise.

Mauvaise idée.

Je n'ai vomi qu'une seule fois, je crois. Ça n'avait rien à voir avec les chutes du Niagara, contrairement à ce que Stone, avec sa finesse légendaire, a colporté. Il est certain qu'une grande quantité d'eau de mer a surgi dès que j'ai essayé de me redresser. Mais, heureusement, j'ai réussi à éviter le sauveteur, aspergeant principalement le sable à côté de moi.

Une fois vidée, je me suis sentie beaucoup mieux.

— Suze ! (Je me suis soudain souvenue que Gina

était en Californie pour me rendre visite.) Est-ce que ça va ? J'ai eu si peur ! Tu es restée sans bouger tellement longtemps…

Dormeur s'est montré bien moins prévenant.

— Qu'est-ce qui t'a pris ? Pamela Anderson est morte et on t'a proposé sa place dans l'équipe de secours d'*Alerte à Malibu*, ou quoi ?

J'ai détaillé les visages inquiets qui m'entouraient. Honnêtement, je ne me serais pas attendue à autant de monde : Gina, Sissi, Adam, Stone, Dormeur et certains de leurs amis surfeurs, ainsi que quelques touristes prenant en photo la miraculée, Michael…

Michael. Mes yeux sont revenus sur lui. Michael qui avait couru un grand danger et semblait l'ignorer. Michael qui se tenait au-dessus de moi sans se soucier de la profonde marque rouge à l'endroit où les algues avaient mordu la peau de son cou. Ça avait l'air extrêmement douloureux.

— Je vais bien, ai-je dit en voulant me redresser.

— Non, m'a arrêtée le sauveteur. L'ambulance arrive. Tu restes là tant que les médecins ne t'auront pas examinée.

— Mmmm. Non, merci.

Je me suis levée et dirigée vers ma serviette, qui était toujours à côté de celle de Gina.

— Suze, a repris le sauveteur en se lançant à ma suite. Tu as perdu conscience. Tu as failli te noyer. Tu dois laisser les médecins t'examiner. C'est la marche à suivre.

— Il a raison, a ajouté Sissi. Rick pense que vous avez, Michael et toi, été attaqués par une vessie de mer.

Je l'ai regardée sans saisir.

— Rick ? C'est qui, Rick ?

— Le sauveteur, a-t-elle répondu d'un air exaspéré. (Ils avaient donc profité de mon inconscience pour faire connaissance !) C'est pour cette raison qu'il a hissé le drapeau jaune.

J'ai mis ma main en visière et découvert le drapeau qui flottait désormais au sommet de la tour de sauvetage. Il était toujours vert, sauf quand il y avait de violents contre-courants : dans ce cas il devenait jaune, pour recommander la prudence aux baigneurs.

— Enfin, regarde le cou de Michael, a poursuivi Sissi.

J'ai obtempéré docilement.

— Rick dit qu'il y avait quelque chose enroulé autour quand il est arrivé, a expliqué Michael, le regard fuyant. Il a d'abord pensé à un calamar géant, mais c'est impossible. On n'en a jamais repéré à des latitudes aussi septentrionales. Il penche donc pour une vessie de mer.

Je n'ai rien répondu. J'étais persuadée que Rick croyait réellement à cette histoire de vessie de mer. L'esprit humain est prêt à gober n'importe quelle absurdité plutôt que la vérité – à savoir qu'il y a quelque chose d'autre, quelque chose d'inexplicable… quelque chose de pas tout à fait normal.

De *para*normal.

Alors la corde d'algues enserrant le cou de Michael se transforme en tentacule de calamar géant, puis, plus tard, en filament urticant de méduse. Impossible que les apparences coïncident avec la réalité : ces algues avaient été utilisées comme arme par des mains invisibles.

— Et regarde tes chevilles, a repris Sissi.

Elles aussi portaient des marques rouge vif, comme des brûlures. Sauf que ce n'en était pas. Non, c'étaient les endroits où Felicia et Carrie m'avaient agrippée pour m'entraîner vers le fond de l'océan, et une mort certaine.

Ces greluches avaient sacrément besoin d'une manucure.

— Tu as de la chance, a ajouté Adam. J'ai déjà été piqué par une vessie de mer et ça fait un…

Il s'est interrompu en remarquant que Gina lui prêtait une oreille attentive. Avec ses quatre frères, elle avait sans doute déjà entendu toutes les insultes possibles et imaginables, mais Adam était bien trop galant pour en prononcer une seule en sa présence.

— … sacrément mal, a-t-il conclu. Mais vous n'avez pas l'air d'avoir trop trinqué. Enfin, à l'exception de cette histoire de noyade, bien sûr.

J'ai ramassé ma serviette et frotté de mon mieux pour éliminer les grains de sable qui s'étaient glissés dans les moindres recoins. Qu'est-ce qu'il avait fichu, ce sauveteur ? Il m'avait traînée le long de la plage ou quoi ?

— Je vais bien maintenant.

Dormeur, qui m'avait suivie, comme tout le monde, a lancé d'un ton exaspéré :

— Non, tu ne vas pas bien, Suze. Fais ce que t'a conseillé le sauveteur. Me force pas à appeler maman et papa.

Je l'ai regardé avec surprise. Non parce que j'étais furax qu'il menace de cafter, mais parce qu'il venait d'appeler ma mère *maman*. C'était la première fois. La vraie mère de mes demi-frères était morte depuis des années.

— Vas-y, ne te gêne pas. Je m'en fiche.

J'ai rassemblé mes affaires en vitesse et je les ai enfilées sans plus attendre sur mon maillot mouillé. Je ne voulais pas faire d'histoires. Vraiment pas. Simplement, je ne supportais pas l'idée d'un petit détour par l'hôpital et des trois heures d'attente qui en découleraient inévitablement. Les Anges de Stevenson les mettraient sans doute à profit pour lancer une autre attaque contre Michael… et je ne pouvais pas, en toute conscience, le laisser affronter seul leurs coups tordus.

Dormeur a ostensiblement croisé les bras sur la poitrine, faisant couiner sa combinaison en caoutchouc.

— Je ne te ramène pas à la maison si tu ne laisses pas les médecin t'ausculter avant.

Je me suis tournée vers Michael, qui a eu l'air extrêmement surpris quand je lui ai demandé, poliment :

— Ça t'embêterait de me raccompagner ?

Il ne semblait plus avoir aucune difficulté à croiser mon regard. Ses yeux se sont écarquillés derrière ses lunettes et il a bredouillé :

— B-bien sûr !

Le sauveteur a secoué la tête de dépit avant de s'éloigner d'un pas traînant. Les autres sont restés immobiles, me considérant comme si j'étais folle à lier. Seule Gina s'est approchée de moi pendant que je ramassais mes affaires de classe et me préparais à suivre Michael jusqu'à sa voiture.

— Toi et moi, a-t-elle chuchoté, on va avoir une petite conversation à la maison.

Je lui ai jeté un regard que je voulais innocent. Les derniers feux du soleil entouraient son auréole de tresses cuivrées d'un halo orangé.

— Qu'est-ce que tu veux dire ?

— Tu *sais* parfaitement ce que je veux dire, a-t-elle répliqué d'une voix lourde de sous-entendus.

Puis elle s'est détournée et a rejoint Dormeur, qui avait toujours l'air inquiet.

À la vérité, je *savais parfaitement* ce qu'elle voulait dire. Elle parlait de Michael. Qu'est-ce que je fichais avec un garçon qui n'était pas, à l'évidence, l'amour de ma vie.

Le truc, c'est que je ne pouvais pas lui expliquer. Je ne pouvais pas lui raconter que Michael était poursuivi par quatre fantômes meurtriers et qu'il était de mon devoir sacré de mediator de le protéger.

Même si, à la lumière des événements survenus plus tard ce jour-là, j'aurais probablement dû.

Dès que nous avons atteint la voiture – le minivan de sa mère, une fois de plus, la sienne étant encore au garage –, j'ai lancé :

— Il faut qu'on parle.

Une fois rhabillé, ses lunettes chaussées, Michael n'avait plus rien d'un sex-symbol. Un peu comme superman lorsqu'il porte l'attirail de Clark Kent : Michael était à nouveau un boutonneux bégayant.

Même si je n'ai pu m'empêcher de remarquer qu'on voyait qu'il était bien bâti sous son sweat-shirt.

— Parler ?

Il a serré ses mains sur le volant. La circulation était, selon les critères de Carmel, plutôt dense : nous étions coincés derrière un car de tourisme et une camionnette remplie de planches de surf.

— Parler de-de quoi ?

— De ce qui s'est passé ce week-end.

Il a tourné vivement la tête vers moi, avant de se concentrer à nouveau sur la route.

— Qu-qu'est-ce que tu veux d-dire ?

— Arrête, Michael. Je suis au courant pour l'accident.

Inutile d'être gentille avec lui. Pour retirer un pansement, il y a deux méthodes : y aller doucement et souffrir le martyre, ou s'en débarrasser d'un bon coup.

Le car a fini par démarrer, Michael a appuyé sur l'accélérateur.

— Eh bien, a-t-il répondu au bout d'une minute, le regard toujours fixé sur la route, un sourire grimaçant sur les lèvres. Tu ne dois pas trop m'en vouloir, sinon tu ne m'aurais pas demandé de te raccompagner.

— T'en vouloir de quoi ?

— Il y a eu quatre morts dans cet accident. (Il a attrapé une canette de Coca-Cola à moitié vide qui se trouvait entre nos deux sièges.) Et je suis toujours en vie. (Il en a avalé une petite gorgée avant de la reposer.) Je te laisse juger.

Je n'aimais pas son ton. Non pas qu'il s'apitoyait sur lui-même. Au contraire même. Il était agressif. Et il ne bredouillait plus.

Je marchais sur des œufs. Comme je l'ai expliqué, c'est le père Dominic qui est doué pour raisonner les gens. Moi, je suis un peu l'homme de main de notre petite famille de mediators. Je m'aventurais donc en eau trouble – si vous me passez l'expression.

— Eh bien… J'ai lu dans le journal ce matin que les résultats de ton test d'alcoolémie étaient négatifs.

— Et alors ? a explosé Michael. Qu'est-ce que ça prouve ?

— Que toi, au moins, tu ne conduisais pas en état d'ébriété.

Il a semblé se détendre un peu.

— Oh. Est-ce que tu veux…

Je l'ai observé. Nous longions la côte, et le soleil, qui plongeait dans l'océan, éclairait les alentours d'une lumière orangée progressivement remplacée par des ombres menaçantes. Les reflets sur les verres des lunettes de Michael m'empêchaient de déchiffrer l'expression de ses prunelles.

— Tu veux voir où ça s'est passé ? a-t-il fini par demander d'une traite, comme s'il voulait se débarrasser des mots avant de changer d'avis.

— Mmmm, bien sûr. Si tu as envie de me montrer.

— Oui. Si ça ne te gêne pas. C'est bizarre, mais… je crois que tu pourrais comprendre.

Ah ! Réfléchissez à ça, père Dom ! Tous vos beaux sermons sur ma vilaine manie de recourir aux poings… qu'est-ce que vous en dites maintenant ?

— Pourquoi tu as fait ça ? m'a demandé Michael tout à trac, me tirant de ma séance d'autosatisfaction.

— Quoi ?

Je n'avais sincèrement pas la moindre idée de ce dont il s'agissait.

— Venir me chercher, a-t-il dit de cette même voix tranquille.

— Oh… (Je me suis éclairci la gorge.) Ça. Euh… tu vois, Michael…

— Aucune importance.

Il souriait.

— Ne t'en fais pas. Tu n'as pas besoin de m'expliquer. Je sais.

Sa voix est descendue d'un octave. Je l'ai considéré avec inquiétude.

— Je sais, a-t-il répété.

Il a tendu le bras vers la canette, et sa main droite est venue se poser sur ma main gauche.

Oh mon Dieu ! J'ai senti mon estomac se nouer, exactement comme sur la plage.

Tout était soudain devenu limpide. Michael Meducci n'avait pas seulement le béguin pour moi. Oh non. C'était bien, bien pire que ça : Michael Meducci croyait que j'en pinçais pour lui.

BEURK !

C'est vrai, il avait beau être canon en maillot de bain, Michael Meducci n'était quand même pas…

... Jesse.

Voilà donc à quoi ressemblerait ma vie amoureuse, ai-je pensé en soupirant.

9

J'ai retiré ma main délicatement.

— Oh, a-t-il dit en replaçant la sienne sur le volant. Ça arrive. Le lieu de l'accident, je veux dire.

Effroyablement soulagée, j'ai observé le paysage par la fenêtre de droite. Nous filions sur la California State Route 1. Le sable de la plage de Carmel avait été remplacé par les falaises majestueuses de Big Sur. Encore quelques kilomètres, et nous atteindrions le bois de séquoias et le phare. Big Sur était le paradis des campeurs, des randonneurs, et de tous ceux qui apprécient les points de vue à couper le souffle. Personnellement, j'apprécie les panoramas, mais la nature me laisse insensible… surtout après le petit incident « sumac vénéneux » qui m'était arrivé une ou deux semaines après mon installation en Californie[1].

1. Voir le tome 2, *Le neuvième arcane*.

Et ne me lancez pas sur le sujet des tiques.

Big Sur – ou du moins la route unique qui longe cette partie de la côte – comporte son lot de virages en épingle à cheveux. Michael était en train de tourner quand un camping-car a surgi en face. Il n'y avait pas de place pour les deux véhicules, ce qui n'avait rien de rassurant : tout ce qui nous séparait de l'à-pic surplombant la mer était une rambarde en métal. Mais Michael a ralenti et s'est garé sur le côté pour permettre au camping-car de passer. Les deux voitures étaient à quelques centimètres l'une de l'autre.

— Mince, ai-je dit en jetant un œil par la lunette arrière. C'était plutôt dangereux, non ?

Michael a haussé les épaules.

— Les conducteurs sont censés klaxonner en arrivant sur ce virage. Pour prévenir les éventuels véhicules de l'autre côté du rocher. Ce type l'ignorait : c'était vraisemblablement un touriste. (Il s'est éclairci la gorge.) C'est ce qui s'est passé… euh, samedi soir.

Je me suis redressée dans mon siège.

— C'est… c'est là que ça s'est passé ?

— Oui, a-t-il répondu d'une voix égale. C'est là.

Maintenant qu'il avait attiré mon attention, j'ai remarqué les traces noires que les roues de la voiture de Josh avaient laissées sur le macadam alors qu'il essayait de reprendre le contrôle. Une grosse portion du rail de sécurité avait déjà été remplacée : le métal était plus brillant là où les marques de pneus s'arrêtaient.

J'ai demandé d'une voix douce :

— On peut descendre ?

— Bien sûr.

Juste après le virage, il y avait un endroit pour se garer le long de la route et admirer le paysage. À quelques mètres du lieu où les voitures étaient entrées en collision. Michael a coupé le moteur.

— BELVÉDÈRE, a-t-il dit en me montrant le panneau de bois devant nous : INTERDICTION DE JETER DES ORDURES.

— Beaucoup de gens viennent ici le samedi soir, a-t-il repris avant de me lancer une œillade.

Je dois le reconnaître, jusqu'à cet instant je n'étais jamais sortie aussi rapidement d'une voiture. J'ai détaché ma ceinture et quitté mon siège en moins de temps qu'il n'en faut pour le dire.

Le soleil avait presque complètement sombré à l'horizon maintenant, et l'air s'était rafraîchi. Je me suis frictionné les bras tout en avançant à pas prudents vers le bord de la falaise. Le vent qui montait de l'océan était bien plus violent et plus froid que sur la plage. Mes cheveux me fouettaient le visage. Le ronflement régulier des vagues, en dessous, était plus puissant que le bruit des moteurs des voitures occasionnelles.

Il n'y avait pas de mouettes. Ni aucun autre oiseau d'ailleurs.

Ce qui aurait dû, bien sûr, me mettre la puce à l'oreille. Mais, à mon habitude, je faisais la sourde.

J'étais trop occupée à regarder l'à-pic vertigineux sous mes pieds. Des centaines de mètres de roche dévalant dans l'océan, où les flots venaient se briser contre de gigantesques blocs de pierre arrachés aux falaises par des tremblements de terre. Pas vraiment le genre d'endroit où l'on surprendrait quiconque – pas même Elvis époque chemises hawaïennes – en train de faire une démonstration de plongeons.

Une petite plage de sable se trouvait en contrebas de l'endroit où la voiture de Josh avait quitté la route. Pas le coin rêvé pour un bain de soleil, mais très agréable pour un pique-nique, si l'on était prêt à courir le risque de se rompre le cou pour l'atteindre.

Michael avait dû suivre mon regard, car il a dit :

— Eh oui, c'est là qu'ils ont atterri. Pas dans l'eau. En tout cas, pas tout de suite. La marée haute est arrivée ensuite, et…

J'ai détourné les yeux en frissonnant.

— Je me demande s'il y a un moyen de descendre…

— Bien sûr, a-t-il répondu en m'indiquant une ouverture pratiquée dans la rambarde. Il y a un sentier. Principalement emprunté par les randonneurs. Même si, parfois, les touristes s'y aventurent. La plage en bas est incroyable. Tu n'as jamais vu des vagues aussi impressionnantes. Mais c'est trop dangereux pour surfer. Il y a beaucoup de contre-courants.

Je l'ai observé avec curiosité dans la lumière pourpre du crépuscule.

— Tu es déjà descendu ? ai-je demandé d'une voix trahissant ma surprise.

— Bien sûr, a-t-il répondu en souriant. J'ai vécu ici toute ma vie. Il n'y a pas beaucoup de plages que je n'ai pas essayées.

J'ai acquiescé et retiré une mèche de cheveux que le vent avait glissée dans ma bouche.

— Alors, qu'est-ce qui s'est exactement passé cette nuit-là ?

Il a baissé les yeux vers la route. Il faisait presque nuit désormais, et les voitures avaient allumé leurs phares. De temps en temps, les lumières de l'une d'entre elles balayaient son visage, m'empêchant d'apercevoir ses yeux à cause des reflets sur les verres de ses lunettes.

— Je rentrais à la maison après un atelier à Esalen…

— Esalen ?

— L'institut. Tu ne connais pas ? Nom d'un petit bonhomme, je croyais qu'il jouissait d'une réputation mondiale[1]. Enfin bref, j'assistais à une conférence : « colonisation des autres mondes et ce que cela implique pour les extraterrestres. »

Je me suis retenue de pouffer. Après tout, je pouvais

1. Centre d'éducation d'inspiration new age enseignant les disciplines absentes des académies traditionnelles.

voir les fantômes et leur parler. Qui étais-je pour affirmer qu'il n'y avait pas de vie sur les autres planètes ?

— Donc, je rentrais – il devait être assez tard – quand ils se sont engagés dans le virage à toute berzingue. Sans klaxonner ni rien.

— Et toi ?

— J'ai fait une embardée pour les éviter, bien sûr. J'ai fini contre la falaise, là. Tu ne peux pas le voir parce que la nuit est tombée maintenant, mais mon pare-chocs avant a arraché un gros morceau de roche. Et eux, ils ont... Eh bien, ils sont partis dans la direction opposée, il y avait du brouillard et la chaussée était sans doute un peu glissante. Alors, comme ils roulaient très vite...

Il a conclu d'une voix blanche :

— Ils ont percuté la rambarde et sont tombés.

J'ai encore frissonné. Je ne pouvais m'en empêcher. J'avais rencontré ces ados. Pas sous leur meilleur jour, certes, mais j'avais de la peine pour eux. Ils avaient fait une sacrée chute.

— Et ensuite ? ai-je demandé.

— Ensuite ? (Il semblait surpris par la question.) Eh bien, je me suis cogné la tête, tu sais, alors j'ai perdu connaissance. Quand j'ai repris mes esprits, quelqu'un me sortait de la voiture pour m'examiner. À ce moment-là, j'ai demandé ce qui était arrivé aux autres. Ils m'ont rétorqué « Qui ça ? » J'ai donc cru qu'ils avaient pris la fuite et, je dois l'avouer, j'étais plutôt furieux. C'est vrai, ils ne s'étaient pas donné la peine d'appeler une ambulance pour moi, ni rien. Mais nous avons vu la rambarde...

Je grelottais franchement maintenant. Le soleil était loin, même si le ciel, à l'ouest, était encore zébré de violet et de rouge.

— Rentrons dans la voiture.

Nous avons regardé l'horizon virer au bleu sombre. Les phares des rares voitures éclairaient ponctuellement l'intérieur du minivan. C'était beaucoup plus calme sans le bruit du vent et des brisants. Une vague de fatigue m'a soudain submergée. J'ai jeté un œil à l'horloge lumineuse du tableau de bord : il serait bientôt l'heure de dîner. Mon beau-père, Andy, était très strict sur le sujet. Pas question de le manquer. Point.

J'ai rompu le silence :

— Écoute, c'est horrible, mais ce n'est pas ta faute.

Il m'a dévisagée avec un sourire désabusé.

— Ah bon ?

— Non, ai-je rétorqué sèchement. C'était un accident, purement et simplement. Le problème, c'est que... eh bien, tout le monde n'est pas de cet avis.

Son sourire s'est évanoui.

— Et qui n'est pas de cet avis ? Les policiers ? Je leur ai donné ma déposition. Ils avaient l'air convaincus. Ils m'ont pris un échantillon de sang. Les résultats pour la recherche de drogue et d'alcool étaient négatifs. Ils ne peuvent pas...

— Pas les flics.

Comment lui présenter les choses ? Comme ce type était du genre à croire aux ovnis, il n'aurait sans doute aucun mal avec les fantômes, mais on ne savait jamais.

— Je n'ai pas pu m'empêcher de remarquer, ai-je commencé prudemment, que depuis l'accident de ce week-end tu te retrouves très souvent… dans des situations dangereuses.

— Oui, a-t-il répondu en reposant soudain sa main sur la mienne. Et sans toi, je serais déjà mort. Tu m'as sauvé la vie deux fois.

— Ah ! ah ! ai-je ri nerveusement, en retirant ma main pour ôter une mèche de cheveux imaginaire de ma bouche. Mmmm, mais, sérieusement, tu ne t'es pas demandé ce qui se passait ? Pourquoi, tout à coup, tant de *trucs* t'arrivaient ?

Il m'a souri.

— Ça doit être le destin.

Qu'est-ce que j'avais fait pour mériter ça ?

— D'accord… Je ne parle pas de ce genre de choses. Mais de trucs *bizarres*. Au centre commercial, et à la plage tout à l'heure…

— Oh… (Il a haussé ses épaules incroyablement musclées.) Non.

— D'accord, ai-je répété. Mais, si tu te posais la question, ne crois-tu pas qu'une explication possible serait que tu es la proie… d'esprits vengeurs ?

Son sourire s'est évanoui.

— Qu'est-ce que tu entends par là ?

J'ai poussé un soupir.

— Écoute, ce n'était pas une vessie de mer, et tu le sais. Tu as été entraîné sous l'eau, Michael. Par quelque chose.

Il a acquiescé.

— Je sais. Je n'ai pas vraiment... Je suis habitué aux courants, mais ça...

— Ce n'était pas un courant. Ni une méduse. Et je crois simplement que... eh bien, tu devrais être prudent.

— Qu'est-ce que tu sous-entends ? Tu es en train de suggérer que j'ai été la victime d'une sorte de... force démoniaque ?

Son rire a résonné dans le silence.

— Déchaînée par la mort de ces ados ? C'est ça ?

Je me suis tournée vers la fenêtre. Il n'y avait rien d'autre à voir que les gigantesques silhouettes violettes des falaises escarpées qui nous entouraient, mais j'ai gardé les yeux rivés sur ce paysage.

— Oui, c'est exactement ça.

— Suze. (Michael m'a encore pris la main et l'a pressée cette fois-ci.) Essaies-tu de me dire que tu crois aux fantômes ?

Je l'ai regardé droit dans les yeux.

— Oui, Michael, c'est ça.

— Sérieusement ! a-t-il lancé en éclatant de rire. Tu

imagines que *Josh Saunders* et ses amis sont capables de communiquer depuis leurs tombes ?

Quelque chose dans sa façon de prononcer le nom de Josh m'a fait… je ne sais pas. Mais ça ne m'a pas plu. Pas du tout même.

Michael a lâché ma main pour mettre le contact.

— Enfin… Sois réaliste, Suze. Ce type avait une cervelle de moineau. La seule chose remarquable de sa vie, c'est ce plongeon. Avec l'autre abruti et leurs non moins débiles de copines. Ce n'est pas nécessairement une mauvaise chose qu'ils soient partis, tu sais ? Ils gaspillaient de l'oxygène.

Ma mâchoire s'est décrochée. Je l'ai senti. Et je n'ai rien pu faire pour l'en empêcher.

— Et quant à convoquer *les forces du mal* – il a insisté sur ces derniers mots – pour venger leur mort idiote, je te remercie, mais il me semble que le côté *Souviens-toi… l'été dernier* est un peu dépassé, pas toi ?

Je n'en revenais pas. Où était passé M. Sensibilité à Fleur de Peau ? J'imagine qu'il bredouillait et rougissait uniquement quand sa propre vie était en danger. Il ne se préoccupait apparemment pas beaucoup de celle des autres.

À moins qu'il ne s'agisse de la vie de son rendez-vous de vendredi soir, puisqu'au moment où il s'apprêtait à s'engager sur la chaussée, il m'a lancé avec un clin d'œil :

— Hé ! N'oublie pas ta ceinture…

10

Je me suis glissée sur ma chaise au moment où tout le monde levait sa fourchette.

Ah ! Pas en retard ! Du moins pas techniquement, vu que personne n'avait réellement commencé à manger pour le moment.

— On peut savoir où tu étais, Suze ? a demandé ma mère en tendant la corbeille de petits pains à Gina en premier. (Bonne initiative : mes demi-frères sont de vrais gloutons, et, s'ils étaient passés avant, Gina aurait récupéré une corbeille vide.)

— J'ai fait un tour, ai-je répondu tandis que Max, l'énorme chien de la famille Ackerman, posait, à son habitude, sa truffe baveuse sur mes genoux en levant des yeux implorants vers moi.

— Avec qui ?

Le ton de ma mère, en dépit de sa douceur, laissait

entendre que, si ma réponse ne la satisfaisait pas, je me retrouverais dans un sacré pétrin.

Avant que j'aie le temps de dire quoi que ce soit, Stone a prononcé le nom de Michael en ricanant.

Andy a haussé un sourcil.

— Le garçon qui était là hier soir ?

— En personne, ai-je rétorqué en décochant un regard assassin à Stone, qui l'a superbement ignoré.

Gina et Dormeur, assis l'un à côté de l'autre, étaient étrangement silencieux. J'ai eu envie de laisser tomber ma serviette pour voir ce qui se tramait sous la table. Avant de me rendre compte que je n'avais sans doute aucune envie de le voir, justement. Je me suis donc assurée que ma serviette ne risquait pas de quitter mes genoux.

— Meducci, a murmuré ma mère. Pourquoi ce nom m'est-il familier ?

— Sans doute, a expliqué Doc, parce qu'il te rappelle les Medicis, une famille de nobles italiens qui a engendré trois papes et deux reines de France. Cosme fut le premier à régner sur la ville de Florence, et Laurent le Magnifique était un mécène qui eut notamment pour clients Michel-Ange et Botticelli.

Ma mère l'a observé avec curiosité.

— En réalité, ce n'était pas du tout ce à quoi je pensais.

Elle avait une mémoire infaillible – ce qui est une

bonne chose pour une journaliste – et ce n'était plus qu'une question de minutes avant qu'elle se souvienne.

— C'est lui qui a été impliqué dans l'accident de ce week-end, ai-je dit pour précipiter l'inévitable. Celui au cours duquel les quatre élèves de Stevenson ont été tués.

Stone a lâché sa fourchette. Qui a fait un sacré boucan en atterrissant dans son assiette.

— Michael Meducci ? Impossible. C'était *Michael Meducci ?* Tu te fous de ma gueule ?

La réplique d'Andy a fusé.

— Brad, surveille ton langage, s'il te plaît.

— Désolé, a-t-il répondu, les yeux brillants. Michael Meducci. Michael Meducci a assassiné Mark Pulsford ?

— Il n'a assassiné personne, ai-je aboyé.

J'aurais mieux fait de me taire. Maintenant, tout le lycée allait être au courant.

— C'était un accident, ai-je repris.

— Mais oui, Brad, je suis sûr que le pauvre gars n'avait l'intention de tuer personne, a poursuivi Andy.

— Je vous demande pardon, mais Mark Pulsford était l'un des meilleurs arrières de l'État. Sérieusement. Il avait décroché une bourse pour UCLA[1], la totale quoi. C'était un mec génial.

1. University of California, Los Angeles : un des campus les plus importants de Californie.

— Ah ouais ? Alors pourquoi traînait-il avec toi dans ce cas ?

Dormeur venait d'avoir une de ses (si) rares fulgurances.

— La ferme, lui a répondu Stone. On a été dans des soirées ensemble.

— C'est ça, a ricané Dormeur.

— C'est la vérité. Le mois dernier, dans la vallée. Mark était un super fêtard.

Il a enfourné un petit pain et n'a pas attendu d'avoir la bouche vide pour poursuivre :

— Jusqu'à ce que Michael Meducci lui fasse la peau, bien entendu.

Gina m'observait, un sourcil – un seul – dressé. Je l'ai ignorée.

— Cet accident n'était pas de sa faute, ai-je repris. D'ailleurs, aucune charge n'a été retenue contre lui.

Ma mère a reposé sa propre fourchette.

— L'enquête est encore en cours.

— Il y a tellement d'accidents sur ce tronçon de la route qu'il est étonnant que personne ne se soucie d'améliorer les conditions de circulation, a dit Andy en faisant glisser quelques pointes d'asperge dans l'assiette de ma mère avant de passer le plat à Gina.

— La California State Route 1, qui longe sur environ cent quarante kilomètres la partie de la côte appelée Big Sur, a toujours été considérée comme dangereuse – voire périlleuse. Souvent encombrée par un brouillard maritime, cette route de montagne sinueuse et étroite n'a, vu les pressions des groupes écologiques, aucune chance d'être élargie. Beaucoup de poètes et d'artistes ont été attirés par le charme sauvage de cette zone et s'y sont donc installés, tel Robinson Jeffers, qui a été grandement séduit par la splendeur de cette nature battue par les vents.

J'ai regardé Doc avec étonnement. Sa mémoire photographique était parfois pénible, mais, la plupart du temps, elle se révélait utile, particulièrement en période de contrôles.

— Merci pour cette explication, lui ai-je dit.

Doc a souri, dévoilant ses dents baguées sur lesquelles étaient accrochés des reliefs du repas.

— Je t'en prie.

— Le pire, a poursuivi Andy, toujours obnubilé par ces questions de sécurité routière, c'est que les jeunes conducteurs semblent irrésistiblement attirés par ce coin.

Stone, qui engloutissait des bouchées de riz sauvage comme s'il n'avait pas vu de nourriture depuis des semaines, a ricané.

— Ben 'fin, 'pa.

— Tu sais, Brad, en Amérique – et, de ce que j'en sais, dans la plupart des pays civilisés –, on tolère que les convives reposent régulièrement leur fourchette et consacrent du temps à la mastication.

— C'est là-bas que tout se passe, a dit Stone en

posant ses couverts, comme son père l'avait suggéré, mais en parlant la bouche pleine.

— Que se passe quoi ? l'a interrogé Andy.

Dormeur, qui ne sortait habituellement de sa réserve qu'en cas de force majeure, était presque devenu bavard depuis l'arrivée de Gina.

— Il parle du Belvédère.

— Le Belvédère ? a demandé ma mère, perplexe.

— Oui. Le Belvédère sur la côte. C'est là que tout le monde emballe le samedi soir. Enfin, en tout cas… (Il a étouffé un ricanement.) Brad et ses amis.

Stone, loin de prendre ombrage de cette remarque sarcastique, a saisi une pointe d'asperge entre son index et son majeur et l'a agitée comme s'il s'agissait d'un cigare.

— Cet endroit, c'est de la balle.

— Est-ce là que tu emmènes Debbie Mancuso ? Aïe !

Doc avait à peine eu le temps de s'intéresser à la question qu'il se tordait de douleur : son tibia avait été victime d'une attaque sous la table.

— Je ne sors pas avec Debbie Mancuso ! a hurlé Stone.

— Brad, ne frappe pas ton frère, est intervenu Andy. David, ne prononce pas le nom de Mlle Mancuso à cette table. Nous avons déjà abordé ces sujets. Et Suze ?

J'ai haussé un sourcil interrogateur.

— Je n'aime pas te savoir dans une voiture avec un garçon qui a été impliqué dans un accident meurtrier, qu'il soit ou non responsable. (Andy a tourné la tête vers ma mère avant d'ajouter :) Tu n'es pas d'accord ?

— Si, je le crains, même si ça me fait culpabiliser. Les Meducci ont traversé beaucoup d'épreuves ces derniers temps… (Devant l'air surpris de mon beau-père, elle a poursuivi :) C'est leur fille qui a failli se noyer il y a quelques semaines. Tu te souviens ?

— Oh, cette fameuse fête où il n'y avait aucun adulte…

— ... et où l'alcool coulait à flots, a complété ma mère. La pauvre petite avait apparemment trop bu et elle est tombée dans la piscine. Personne ne s'en est rendu compte… Ou, en tout cas, personne n'a réagi avant qu'il ne soit trop tard. Elle est dans le coma depuis. Même si elle se réveille, son cerveau a subi de nombreux dommages. Suze, je ne crois pas que ce soit une bonne idée que tu voies ce garçon.

En temps normal, cette nouvelle m'aurait fait sauter de joie. C'est vrai, je n'avais pas vraiment envie de sortir avec ce toto.

Mais j'étais en quelque sorte forcée. Si je voulais lui éviter de finir dans un cercueil avant l'heure.

— Pourquoi ? ai-je demandé en avalant une bouchée de saumon. Ce n'est pas la faute de Michael si sa sœur est une alcoolique qui ne sait pas nager. Et à quoi pensaient ses parents, de toute façon, en laissant leur gamine de quatrième aller à une fête de ce genre ?

— Ce n'est pas la question, a répliqué ma mère en pinçant les lèvres. Tu vas me faire le plaisir d'appeler ce jeune homme pour lui annoncer que ta mère t'interdit formellement de monter en voiture avec lui. S'il veut venir passer la soirée ici pour regarder des films ou n'importe quoi, aucun problème. Mais il ne t'emmènera nulle part.

J'ai écarquillé les yeux. *Ici ?* Passer la soirée *ici ?* Sous la surveillance de Jesse ? Oh, mon Dieu, pile ce dont j'avais besoin. Une telle perspective me remplissait de tant d'effroi que j'ai laissé glisser le morceau de saumon que j'approchais de mes lèvres sur mes genoux : il a été immédiatement balayé par une gigantesque langue.

Ma mère a posé sa main sur la mienne.

— Suze, je suis très sérieuse. Je ne veux pas que tu prennes la voiture avec ce garçon.

Soyons honnête : j'ai été amenée à désobéir à ma mère, souvent contre mon gré. Mais elle ne l'a jamais su. Que je lui avais désobéi, s'entend. La plupart du temps, je réussis à le faire en douce – sauf quand la police me raccompagne à la maison, mais cela arrive si rarement qu'il est presque superflu de le mentionner.

Cependant, ça n'avait pas été le cas cette fois-ci, et je ne comprenais pas pourquoi elle ressentait le besoin de réitérer son interdiction concernant Michael Meducci.

— C'est bon, maman, j'avais compris la première fois.

— Ça me tient à cœur, Suze, c'est tout.

Je l'ai dévisagée. Elle n'avait pas l'air… eh bien de se sentir coupable de quoi que ce soit. Mais elle savait quelque chose. Et elle ne le disait pas.

Ce qui n'était pas particulièrement surprenant. Comme tous les journalistes, ma mère avait souvent accès à des informations confidentielles. Pour autant, elle ne faisait pas partie de ces reporters dont on entend parler et qui sont prêts à tout pour décrocher un scoop. Si un flic lui balançait quelque chose, il pouvait compter sur elle pour tenir sa langue. Elle est comme ça.

Je me suis demandé ce qu'elle savait, exactement, sur Michael et l'accident qui avait tué les quatre Anges.

Suffisamment, semblait-il, pour qu'elle n'ait aucune envie de me voir traîner avec lui.

Et, d'une certaine façon, je ne pouvais que lui donner raison. Les paroles de Michael, juste avant de reprendre la route, me trottaient encore dans la tête : *Ils gaspillaient de l'oxygène.*

Subitement, j'avais du mal à considérer d'un aussi mauvais œil ces fantômes vengeurs.

— D'accord, maman, j'ai pigé.

Apparemment soulagée, ma mère s'est de nouveau intéressée à son saumon, qu'Andy avait cuit à la perfection et accompagné d'une délicieuse sauce à l'aneth.

— Comment vas-tu lui annoncer ? m'a demandé Gina une demi-heure plus tard, tandis que nous remplissions la machine à laver la vaisselle.

— Je ne sais pas... Si on oublie le côté Clark Kent...

— Le gringalet qui cache la bombe atomique ?

— Ouais. Si on oublie ça – ce qui n'est pas évident, crois-moi – eh bien, ce qui me frappe chez lui, c'est cette façon...

— De te harceler ? a complété Gina en rinçant le saladier avant de me le tendre pour que je lui trouve une place dans la machine.

— Peut-être bien. Je ne sais pas.

— J'ai trouvé qu'il était gonflé de se pointer comme ça, le premier soir. Sans appeler avant. Si un type me faisait un coup pareil... je le rayerais de la liste comme ça.

Elle a accompagné ses paroles d'un claquement de doigts.

Mais c'était différent sur la côte Est. À New York, on ne débarque pas chez quelqu'un sans avoir téléphoné au préalable, alors qu'en Californie on est habitués aux visites surprises.

— Arrête de jouer la fille intéressée, Susannah Simon. Tu n'aimes pas ce mecton. Je ne sais pas ce que tu trafiques exactement avec lui, mais ça n'a rien d'hormonal.

Je me suis souvenue de notre surprise à toutes lorsque Michael avait retiré sa chemise.

— Dommage, ai-je soupiré.

— Je t'en prie, a-t-elle lâché en me tendant une poignée de couverts. Toi et Mister Binocles ? Non. Maintenant, raconte. Qu'est-ce que tu fiches avec ce type ?

— Difficile à dire. Simplement… j'ai le pressentiment que cet accident cache un mystère. Ma mère sait quelque chose, je crois. Tu n'as rien remarqué ?

— Si.

— Eh bien… je me demande ce qui s'est réellement passé. La nuit de la collision. Parce que… enfin, ce n'était pas une méduse cet après-midi…

— C'est ce que j'ai pensé. Ça a à voir avec cette histoire de mediator, hein ?

— En quelque sorte, ai-je répondu, gênée.

— Mmmm. Ce qui pourrait également expliquer ce petit incident avec le vernis à ongles l'autre soir ?

J'étais incapable de décrocher un mot. Je continuais à placer les couverts dans les compartiments en plastique. Fourchettes, cuillères, couteaux.

— Très bien. (Gina a coupé l'eau avant de s'essuyer les mains sur un torchon.) Qu'est-ce que je peux faire ?

— Faire ? Toi ? Rien.

— Allez. Je te connais, Suze. Tu n'as pas raté soixante-dix-neuf fois la première heure de cours l'an dernier pour prendre un méga petit déjeuner à la cafétéria du coin. Je sais parfaitement que tu étais en train de combattre les esprits des morts pour rendre notre monde meilleur. Blablabla. Alors comment je peux t'aider ? En te couvrant ?

Je me suis mordu la lèvre.

— Eh bien…

— Écoute, ne t'inquiète pas pour moi. Jake m'a proposé de l'accompagner livrer des pizzas – ce qui ne manque pas de charme si l'on rêve de sortir d'une voiture couverte de sauce tomate et de poivrons. Mais, si tu préfères, je reste ici avec Brad. Il m'a invitée à une projection privée de son film préféré de tous les temps.

J'ai retenu mon souffle.

— Pas *Hellraiser III*… ?

— Et si.

Un sentiment de reconnaissance a déferlé sur moi.

— Tu ferais ça ?

— Pour toi, je serais prête à tout, Susannah Simon. Alors ?

— O.K. Si tu veux bien rester ici et raconter que je suis en haut dans ma chambre et que j'ai mal au bide, je te devrai une reconnaissance éternelle. Ils ne posent pas de questions quand il s'agit du ventre. Dis que je prends un bain et peut-être un peu plus tard que je suis allée me coucher de bonne heure. Si quelqu'un téléphone, tu peux répondre ?

— Tes désirs sont des ordres, Majesté.

Je l'ai serrée brièvement dans mes bras.

— Oh, Gina, tu es la meilleure. Tu entends ? La *meilleure*. Tu mérites tellement mieux que mes demi-frères.

— Tu refuses de le voir, a-t-elle répondu en secouant la tête. Tes demi-frères sont *canon*. Enfin, à l'exception du petit rouquin.

Alors que je me dirigeais vers le téléphone pour appeler le père Dominic, elle a ajouté :

— Et j'attends une récompense, tu sais.

— Je n'ai que vingt dollars par semaine, mais je te les file…

Elle m'a fait une grimace.

— Je ne veux pas de ton argent de poche, mais une explication ne serait pas de refus. Tu as toujours esquivé les questions mais, cette fois-ci, tu me la dois. Pense que je vais me farcir le visionnage de *Hellraiser III* pour toi. Tu as une *foutue* dette. Et oui, je serai une tombe, a-t-elle ajouté avant que j'aie une chance d'ouvrir la bouche.

— Je n'en attendais pas moins de toi, ai-je répondu avant de composer le numéro.

11

— Je suis censée chercher quoi, exactement ? ai-je demandé en balayant le chemin sablonneux à l'aide de ma lampe torche.

— Je n'en suis pas certain, m'a répondu le père Dominic, qui se trouvait quelques pas devant moi. Tu le sauras quand tu le trouveras, je crois.

— Super, ai-je marmonné.

Descendre un sentier escarpé en pleine nuit, ce n'est pas de la tarte. Si j'avais su que c'était ce que le père Dom suggérerait, j'aurais sans doute renoncé à l'appeler. Je serais restée à la maison pour regarder *Hellraiser III*. Ou pour tenter de finir mon devoir de géométrie. Je suis très sérieuse. J'avais déjà failli y passer ce jour-là, et, en comparaison, le théorème de Pythagore me paraissait bien moins mortel.

Une voix dégoulinant de sarcasme s'est élevée dans mon dos.

— Ne t'inquiète pas, il n'y a pas de sumac vénéneux dans le coin.

Je me suis retournée pour fusiller Jesse du regard, même si, selon toute probabilité, il n'en verrait rien. La lune était cachée derrière une épaisse couche de nuages. Des filaments de brume s'accrochaient à la falaise que nous longions ; ils se dissipaient au gré de ma progression sur le sentier, comme pour éviter d'entrer en contact avec moi. Je m'efforçais de ne pas penser aux films où de terribles choses arrivent aux héros dans un tel brouillard.

Je faisais aussi des efforts pour chasser de mon esprit l'idée que je pouvais croiser du sumac vénéneux. J'ai un problème avec les irritations cutanées.

Et ne vous avisez pas de me parler des serpents qui, j'avais toutes les raisons de le croire, étaient postés en embuscade le long de ce chemin dans l'espoir de planter leurs crocs dans mon tendre mollet.

Le brouillard ayant avalé le père Dominic, je ne voyais plus que le minuscule cercle jaune que projetait sa lampe. Et je l'entendais soliloquer :

— Oui… Oui, la police est passée par là, c'est évident. Ce doit être l'endroit où la section du rail de sécurité est tombée ; les herbes sont cassées.

J'avançais maladroitement, éclairant en priorité les bas-côtés pour éviter les serpents mais également pour m'assurer que je ne m'éloignais pas du chemin : je n'avais aucune envie de dégringoler plusieurs centaines de mètres pour m'écraser sur les brisants. Jesse était déjà intervenu deux fois pour m'éloigner du bord du précipice, dont je m'étais dangereusement approchée en cherchant à éviter une branche suspecte.

J'ai d'ailleurs bien failli basculer dans le vide après être entrée en collision avec le père Dom, qui s'était accroupi au beau milieu du chemin. Je ne l'avais pas vu, et, avec Jesse, ils ont dû me retenir par mes vêtements pour me garder parmi eux.

Heureusement, le ridicule ne tue pas.

— Désolée, ai-je bredouillé, mortifiée par ma maladresse. Qu'est-ce que vous fabriquez, père Dom ?

Faisant montre de cette patience d'ange qui le caractérise, il m'a répondu en souriant :

— J'examine certaines preuves. Tu m'as dit que ta mère semblait savoir quelque chose. J'ai ma petite idée sur le sujet.

J'ai remonté la fermeture Éclair de mon coupe-vent jusqu'en haut pour protéger mon cou des assauts glacials du vent nocturne. C'était peut-être le printemps en Californie, mais il ne devait pas faire plus de cinq degrés sur cette falaise. Heureusement, j'avais pris des gants – pour me protéger, avant tout, d'un éventuel contact avec du sumac vénéneux, mais ils avaient désormais une double fonction.

— Qu'est-ce que c'est ? lui ai-je demandé.

Comme j'avais oublié mon bonnet, mes oreilles s'étaient transformées en glaçons et mes cheveux, fouettés par les bourrasques incessantes, ne cessaient de me cingler les yeux.

— Regarde.

Le père Dominic a éclairé une portion de terre longue d'environ deux mètres : le sable y était retourné et les herbes cassées.

— C'est ici, à mon avis, que la rambarde a fini sa course. Ne remarques-tu rien d'étrange ?

J'ai chassé quelques cheveux de mon visage et gardé un œil attentif sur les alentours à l'affût des serpents.

— Non.

— Le morceau du rail de sécurité qui a cédé est apparemment tombé d'un seul tenant. Le véhicule roulait forcément très vite pour briser un rail de métal aussi résistant, mais, puisqu'une portion entière a été emportée, les rivets métalliques ont dû sauter.

— Ou être arrachés, a tranquillement suggéré Jesse.

Je l'ai considéré avec étonnement. Comme il était mort, la situation était bien moins pénible pour lui. Il ne ressentait pas les effets du froid, alors que le vent s'engouffrait régulièrement dans sa chemise, me permettant d'apercevoir sa poitrine – qui, précision sans doute inutile, était en tous points aussi parfaite que celle de Michael. Et beaucoup moins pâlotte, en prime.

— Arrachés ? À cause de quoi ? De la rouille ?

Pour la seconde fois de la journée, je claquais des dents.

— En réalité, je pensais à une intervention humaine, a calmement asséné Jesse.

Mon regard est allé du prêtre au fantôme, puis du fantôme au prêtre. Ce dernier semblait aussi interloqué que moi. Jesse n'avait pas été convié en bonne et due forme à cette petite expédition : il avait débarqué alors que je me dirigais vers le lieu de rendez-vous convenu avec le père Dom. Celui-ci avait immédiatement réagi aux nouvelles dont je lui avais fait part – l'incident sur la plage et les commentaires étranges de Michael, plus tard, dans la voiture. Il fallait retrouver les Anges de Stevenson. Et vite.

Évidemment, nous avons tout de suite pensé à l'endroit où ils avaient perdu la vie. Et Jesse a fait remarquer que ce n'était pas un lieu de promenade nocturne pour un prêtre de soixante-cinq ans et une fille de seize ans.

De quoi Jesse escomptait-il nous protéger ? Une attaque d'ours ? Enfin, il était bel et bien là, et, apparemment, il en savait plus long que nous.

— Qu'est-ce que tu entends par intervention humaine ? De quoi parles-tu ?

— Je trouve simplement étrange qu'une portion entière cède ainsi, tandis que le reste – que nous avons attentivement observé – n'a même pas été déformé par l'impact.

— Tu suggères que quelqu'un, sachant qu'un véhicule allait percuter la rambarde, aurait défait les rivets dans ce but. C'est bien ça, Jesse ? l'a interrogé le père Dom.

Il a acquiescé. Je n'ai compris où il voulait en venir qu'au bout d'une ou deux minutes.

— Tu es en train de dire que *Michael* aurait saboté cette partie du rail pour faire tomber Josh et les autres du sommet de la falaise ? ai-je demandé à mon tour.

— En tout cas, quelqu'un l'a fait, et il pourrait parfaitement s'agir de ton Michael.

J'ai pris ombrage de sa remarque. Non parce qu'il suggérait que Michael avait commis un acte aussi odieux, mais parce qu'il l'avait appelé *mon* Michael.

— Attends un peu..., ai-je commencé avant d'être, à ma grande surprise, interrompue par le père Dominic.

— Je suis de l'avis de Susannah, Jesse. À l'évidence, le rail n'a pas correctement joué son rôle dans cet accident. Je dirais même que l'accident a révélé un réel défaut de conception. Mais de là à penser que quelqu'un aurait pu le faire sciemment...

— Susannah, a repris Jesse, n'as-tu pas raconté que Michael semblait mépriser les personnes qui ont trouvé la mort ici ?

— Eh bien, il m'a dit qu'à son avis ils gaspillaient de l'oxygène. Mais, Jesse, d'après ta théorie, Michael aurait su que Josh et ses amis allaient venir. Comment aurait-il pu en être sûr ? Et il aurait attendu qu'ils arrivent au virage pour se placer, de son plein gré, sur leur trajectoire ?

— Pourquoi pas.

— Impossible, a rétorqué le père Dominic en se redressant et en chassant la poussière de son pantalon. Je refuse tout bonnement de prendre cette éventualité en considération. Ce garçon serait un meurtrier de sang-froid ? Tu ne sais pas de quoi tu parles, Jesse. Il a la meilleure moyenne du lycée. Et il est membre du club d'échecs.

J'ai tapoté le père Dom sur l'épaule.

— Désolée de vous l'apprendre, mais les joueurs d'échecs, comme n'importe qui d'autre, peuvent tuer les gens.

Puis j'ai ajouté, en observant le sillon que la rambarde avait creusé en travers du sentier :

— La seule question à se poser, c'est : pourquoi ? *Pourquoi* aurait-il fait une chose pareille ?

— Si nous nous dépêchons, nous avons peut-être une chance de le découvrir, a répondu Jesse.

Il a pointé son index. Les nuages s'étaient dissipés, ce qui nous permettait d'apercevoir la minuscule plage au pied de la falaise ; la lune éclairait quatre silhouettes fantomatiques recroquevillées en cercle autour d'un maigre feu de camp.

— Oh mon Dieu ! me suis-je écriée alors que les nuages obscurcissaient de nouveau le ciel, les dissimulant à notre regard. Il faut descendre jusqu'en bas ? Je vais forcément être mordue.

Le père Dominic s'était déjà remis en marche. Jesse, qui restait en retrait, m'a demandé :

— Mordue par quoi, Susannah ?

— Un serpent, ai-je rétorqué en m'écartant d'une racine dont la forme m'avait paru suspecte.

— Les serpents ne sortent pas la nuit, a dit Jesse en réprimant un fou rire.

— Ah bon ?

— En général, non. Et certainement pas une nuit froide et humide comme celle-ci. Ils aiment le soleil.

Eh bien, j'étais sacrément soulagée. Il restait les tiques, cela dit. Est-ce qu'elles sortaient la nuit ?

J'ai eu l'impression que nous mettions une éternité – j'étais bonne pour me réveiller avec de sacrés courbatures –, mais nous avons fini par atteindre le bout du sentier. Les derniers cent cinquante mètres étaient si abrupts que je les ai pratiquement dévalés en courant. À mon corps défendant.

Sur la plage, le bruit des vagues était suffisamment puissant pour étouffer complètement celui de nos pas. L'air était chargé d'iode. Nos pieds s'enfonçaient dans le sable humide – enfin, à l'exception de ceux de Jesse. J'ai compris pourquoi je n'avais pas vu de mouettes plus tôt : les animaux, donc les oiseaux, n'aiment pas les fantômes.

Et il y avait une tripotée de fantômes sur cette plage.

Qui chantaient. Je ne plaisante pas. Ils chantaient autour de leur feu minable. Et vous n'en reviendrez pas non plus quand je vous apprendrai quelle chanson : *99 Bouteilles de bière sur le mur.* Sans déconner. Ils en étaient à cinquante-sept.

Je vais vous dire, si c'est à ça que ressemble l'éternité après la mort, j'espère qu'un mediator viendra me tirer de cet enfer. Très sincèrement.

— Très bien, ai-je dit en fourrant mes gants dans mes poches, Jesse, tu te charges des garçons, je prends les filles. Père Dom, vous les empêchez simplement de se jeter à l'eau, d'accord ? Je me suis déjà baignée aujourd'hui et, croyez-moi sur parole, elle est glaciale. Je n'y retourne pas.

Le père Dominic m'a attrapé le bras alors que je m'apprêtais à fondre sur le groupe d'ectoplasmes.

— Susannah ! s'est-il écrié d'une voix outrée. Tu ne comptes tout de même pas… Tu ne suggères pas que nous…

— Père Dom. Ces abrutis, là, ont essayé de me noyer cet après-midi. Alors, excusez-moi si l'idée d'aller les trouver d'un air guilleret pour leur proposer de partager des bières avec nous ne me séduit pas plus que ça. Je préfère botter leurs fesses surnaturelles.

Le père Dominic a resserré son étreinte.

— Susannah, combien de fois dois-je te le dire ?

Nous sommes des mediators. Notre travail consiste à intercéder au nom des âmes égarées, non à accroître leur souffrance et leur peine en les violentant…

— Vous savez quoi ? Jesse et moi, nous les immobiliserons pendant que vous leur taillerez une bavette. Parce que, croyez-moi, c'est le seul moyen de s'assurer qu'ils écouteront. Ils ne sont pas très doués pour la communication.

— Susannah…, a repris le père Dom sans finir sa phrase cette fois-ci.

Jesse l'avait en effet interrompu :

— Restez ici, tous les deux, je vais vérifier que la voie est libre.

Et il a fondu sur les fantômes.

Oh, oh… Il en avait sans doute eu assez de nos disputes. Et on pouvait difficilement lui en vouloir.

Le père Dominic l'a suivi d'un regard inquiet.

— Dieu du ciel ! Il ne risque pas de commettre… d'imprudence, n'est-ce pas, Susannah ?

J'ai soupiré : Jesse n'était jamais imprudent.

— Non. Il va simplement essayer de leur parler. C'est sans doute la meilleure chose à faire, puisque c'est un fantôme, comme eux… Ils ont un tas de points communs.

— Ah, oui, je vois. C'est très sage.

Les Anges en étaient à leur dix-septième bouteille de bière quand ils ont remarqué la présence de Jesse.

L'un des garçons a lancé un juron gratiné, mais,

avant qu'ils n'aient le temps de se dématérialiser, Jesse avait pris la parole – d'une voix si basse que le père Dom et moi ne pouvions l'entendre avec le bruit des vagues. Nous l'avons observé : il était entouré d'une aura lumineuse, comme tous les esprits. Au bout d'un moment, il s'est installé sur le sable, à côté d'eux. Il parlait toujours.

Le père Dominic, qui suivait attentivement l'évolution de la situation, a murmuré :

— Excellente idée d'envoyer Jesse en éclaireur.

— Sans doute.

La déception d'avoir loupé une méga baston devait se lire sur mon visage. Le père Dom m'a dit en souriant :

— Avec l'aide de Jesse, on devrait réussir à faire de toi un mediator.

Il n'avait aucune idée du nombre de fantômes que j'avais aidés avant de les connaître, Jesse et lui. Mais je me suis abstenue de tout commentaire.

— Comment ton amie Gina occupe-t-elle sa soirée en ton absence ? m'a-t-il demandé.

— Oh. Elle me couvre.

Le père Dominic a haussé la voix pour marquer sa désapprobation.

— Elle te couvre ? Tes parents ignorent donc que tu es ici ?

— Vous imaginez sérieusement, père Dom, que je pourrais dire à ma mère que je vais à Big Sur pour régler le cas de fantômes d'adolescents décédés. Je vous en prie.

Il avait l'air embêté. L'homme d'Église en lui désapprouvait le mensonge, surtout aux parents. C'est d'ailleurs pourquoi il invitait en permanence à l'honnêteté et à l'obéissance. Mais, si Dieu tenait tant à ce que je respecte cette règle, il ne m'aurait pas créée mediator. Les deux ne sont pas très compatibles, vous voyez ?

— En revanche, tu n'as eu aucun scrupule pour en parler à Gina.

— Ça ne s'est pas déroulé de cette façon. Je ne lui ai pas raconté, en réalité. Simplement, elle… sait. Un jour, nous avons rencontré cette diseuse de bonne aventure…

Je n'ai pas fini ma phrase. À l'évocation de Madame Zara, je me suis rappelé ce que Gina m'avait dit, au sujet du seul et unique amour de ma vie. Était-ce vrai ? Était-ce possible ? J'ai frissonné, mais, cette fois-ci, ça n'avait rien à voir avec la température extérieure.

— Je vois, a repris le père Dominic. Intéressant. Tu te sens suffisamment en confiance avec tes amis pour leur parler de ton don, mais pas avec ta mère.

Nous nous étions déjà pris le bec à ce sujet – récemment même –, je me suis donc contentée de lever les yeux au ciel.

— J'en discute avec *mon* amie. Il n'y a que Gina. Parce qu'elle est au courant. Et personne d'autre. Elle ne sait pas tout d'ailleurs. Elle n'est pas au courant pour Jesse, par exemple.

Le père Dominic a reporté son attention vers le feu de camp. Jesse était absorbé par sa conversation avec Josh et les autres. C'était étrange d'avoir fabriqué ce feu. Ils ne pouvaient pas le sentir. Pas plus que se saouler avec les bières qu'ils avaient tenté de dérober ni se noyer dans la mer. Pourquoi se donner tout ce mal, alors ?

Ils luisaient légèrement, tous les quatre, comme Jesse – la lumière qu'ils projetaient ne suffisait pas à éclairer une nuit aussi sombre que celle-ci mais laissait penser qu'ils n'étaient pas tout à fait… eh bien *humains* n'est pas le bon mot, puisqu'ils l'étaient forcément. Ou l'avaient été, du moins.

C'était probablement l'adjectif *vivant* que je cherchais.

— Père Dom, ai-je demandé tout à trac, vous croyez aux voyantes ? Je veux dire, ça existe vraiment ? Comme les mediators ?

— Oui.

— Eh bien, ai-je poursuivi avant de changer d'avis, cette voyante que nous avons rencontrée Gina et moi savait que j'étais mediator. Je ne lui avais rien raconté du tout. Pourtant elle savait. Et elle a ajouté un truc bizarre. C'est ce que prétend Gina du moins. Moi, je n'en ai aucun souvenir. D'après Gina, elle aurait prétendu que je ne connaîtrais qu'un seul amour véritable.

Mon imagination me jouait-elle des tours, ou le père Dominic avait l'air amusé ?

— Tu avais l'intention d'en avoir une flopée ?

— Pas exactement.

J'étais gênée. Oh, vous l'auriez été vous aussi : ce type est prêtre.

— Mais c'est bizarre, ai-je repris. Cette diseuse de bonne aventure – Madame Zara – a décrété qu'il n'y aurait que cet amour-là, mais qu'il durerait quelque chose comme le restant de ma vie. Ou plutôt de l'éternité. Je ne me rappelle plus.

— Miséricorde.

Ça ne le faisait plus du tout sourire.

— Elle ne savait pas de quoi elle parlait, n'est-ce pas ? Parce que c'est impossible, père Dominic, non ? ai-je demandé, pleine d'espoir.

Malheureusement, sa réponse m'a ramenée à la réalité.

— Non, Susannah, ce n'est pas impossible. Pas du tout.

Son ton était si… je ne sais pas. Quelque chose dans sa façon de me répondre a excité ma curiosité.

— Vous êtes déjà tombé amoureux, père Dom ?

Il s'est mis à fouiller dans les poches de son manteau.

— Mmmm, a-t-il dit.

Je savais ce qu'il recherchait aussi frénétiquement : un paquet de cigarettes. Je savais aussi qu'il n'en trouverait aucun – il avait arrêté de fumer des années auparavant et il n'en conservait qu'un pour les urgences. Dans son bureau à la Mission.

Sa réaction trahissait sa nervosité. Il ressentait le besoin de fumer quand les choses ne se déroulaient pas exactement comme il les avait prévues.

Il avait été amoureux. C'est pour cette raison qu'il évitait de croiser mon regard.

Je n'étais pas réellement surprise. Le père Dominic était un vieil homme d'Église, mais il était plutôt sexy dans la catégorie troisième âge, une sorte de Sean Connery.

— Il y eut, je crois, a-t-il fini par lâcher après avoir renoncé à mettre la main sur une cigarette, une jeune femme. Autrefois.

Aha ! J'ai tout de suite imaginé Audrey Hepburn, allez comprendre pourquoi. Vous voyez ce film rediffusé en boucle, dans lequel elle joue le rôle d'une bonne sœur ? Peut-être que le père Dom et l'amour de sa vie s'étaient rencontrés à l'école des prêtres et des nonnes ! Peut-être leur avait-on interdit de vivre leurs sentiments, comme dans le film !

— Vous l'avez connue avant de recevoir votre… euh… ordination… ou je ne sais pas comment on dit ? ai-je demandé d'un ton que je voulais désinvolte. Ou après ?

— Avant, bien entendu ! Pour l'amour de Dieu, Susannah.

Il avait l'air choqué.

— Je posais simplement la question.

Je gardais les yeux rivés sur Jesse pour que le père Dom n'ait pas l'impression que je le dévisageais.

— Nous ne sommes pas obligés d'en parler, si vous n'en avez pas envie… (Mais j'en avais trop envie.) Est-ce qu'elle…

— J'avais ton âge, m'a-t-il interrompu, comme s'il voulait en finir une bonne fois pour toutes. J'étais au lycée, comme toi. Elle était un peu plus jeune.

J'avais du mal à me le représenter à cet âge. Je n'arrivais même pas à imaginer ses cheveux autrement que blancs comme neige.

— C'était…, a-t-il poursuivi, son regard azur perdu au loin. Ça… ça n'aurait jamais marché.

J'ai soudain compris.

— C'était un fantôme, n'est-ce pas ? ai-je demandé.

Il a pris une inspiration si profonde qu'un instant j'ai cru qu'il était en train d'avoir une attaque.

Avant que j'aie le temps de réagir, Jesse s'est relevé.

— Oh, regarde, Jesse revient, a lancé le père Dominic d'une voix visiblement soulagée.

Je m'étais habituée à ce qu'il surgisse au moment où je l'attendais – ou le souhaitais – le moins. Pourtant, j'étais presque toujours ravie de le voir.

Sauf à cet instant précis. À cet instant précis, j'aurais voulu qu'il soit très très loin. Parce que j'avais le sentiment que je ne réussirais jamais à tirer les vers du nez du père Dom dorénavant.

— Mon père, je pense qu'ils vous écouteront maintenant sans chercher à déguerpir. Ils sont un peu effrayés.

— Ce n'est pas l'impression qu'ils m'ont donnée quand ils ont voulu me tuer cet après-midi, ai-je grommelé.

Jesse m'a considérée, une lueur d'amusement dans le regard – je ne vois vraiment pas ce que ma mort pourrait avoir de si bidonnant.

— Si tu écoutes ce qu'ils ont à te dire, tu comprendras, je crois, pourquoi ils ont agi de la sorte.

— Je demande à voir, ai-je rétorqué dédaigneusement.

12

Je le reconnais, j'étais de mauvais poil parce que Jesse avait interrompu mon tête-à-tête avec le père Dominic. Mais ce n'était pas une raison pour venir me chuchoter à l'oreille, alors que nous rejoignions le feu :

— Reste calme.

— Je suis toujours calme.

Vous savez ce que Jesse a fait ? Il a ri ! Et de façon pas charitable qui plus est. Je n'en revenais pas !

Quand j'ai été suffisamment proche des fantômes pour distinguer leurs visages, ils ne m'ont en rien convaincue qu'ils avaient changé depuis qu'ils avaient essayé de me tuer. Deux fois. En deux jours.

— Attendez une seconde, a lancé Josh lorsqu'il m'a reconnue.

Il a sauté sur ses pieds et a pointé un doigt accusateur sur moi.

— C'est la pétasse qui…

Jesse s'est interposé.

— Je vous ai dit qui étaient ces personnes…

— Vous prétendiez qu'ils allaient nous aider, pleurnichait Felicia, sa jupe bouffante étalée autour d'elle. Mais cette fille m'a frappée cet après-midi !

— Oh, ne fais pas comme si tu n'essayais pas de me noyer à ce moment-là !

Le père Dominic s'est avancé à son tour.

— Les enfants, les enfants, ne vous inquiétez pas. Nous sommes ici pour vous aider.

Josh Saunders était estomaqué.

— Vous pouvez nous voir ?

— Oui, a répondu le père Dominic d'une voix solennelle. Susannah et moi, nous sommes, comme Jesse a dû vous l'expliquer, des mediators. Nous vous voyons, et nous voulons vous aider. Je dirais même qu'il est de notre devoir de vous aider. Mais il vous faut comprendre qu'il est également de notre devoir de vous empêcher de blesser quiconque. C'est la raison pour laquelle Susannah a tenté de vous arrêter cet après-midi, tout comme hier, si je comprends bien.

Mark Pulsford a lâché une insulte.

Felicia lui a donné un coup de coude.

— Tais-toi, c'est un prêtre.

— Mais non, a rétorqué Mark d'un ton agressif.

— Je t'assure, a repris Felicia. Tu ne vois pas le truc blanc autour de son cou ?

— Je *suis* prêtre, a lancé le père Dominic pour couper court à la dispute. Et je vous dis la vérité. Vous pouvez m'appeler père Dominic. Voici Susannah Simon. Si nous avons bien compris, vous nourrissez un sentiment de rancune à l'encontre de M. Meducci…

— De rancune ? s'est écrié Josh, toujours debout. *Rancune ?* C'est à cause de cet abruti que nous sommes tous morts !

Sauf qu'il n'a pas utilisé le mot *abruti*.

Jesse est intervenu de sa voix calme.

— Pourquoi tu ne répètes pas au père ce que tu m'as raconté, Josh ? Susannah et lui auraient une chance de comprendre…

Son nœud papillon était desserré et les premiers boutons de sa chemise ouverts. Il a passé ses doigts dans ses courts cheveux blonds. C'était, de toute évidence, un type extrêmement séduisant. Qui avait pour lui la beauté, l'intelligence et la richesse (ses parents devaient en avoir pour l'envoyer à Robert Louis Stevenson, lycée aussi dispendieux que sélectif). Josh Saunders avait du mal à s'habituer au seul malheur qui lui soit jamais arrivé dans sa courte mais heureuse vie : sa mort prématurée.

— Écoutez…

Sa voix grave couvrait sans difficulté le bruit des vagues et le craquement du feu. S'il avait survécu, Josh aurait pu devenir n'importe quoi, d'athlète professionnel à président. Il possédait l'assurance nécessaire.

— Samedi, nous sommes allés à une soirée, a-t-il poursuivi. Une *soirée*, vous entendez ? Après, on s'est dit qu'on pourrait faire un tour et se garer…

— On se gare toujours au Belvédère le samedi soir, a précisé Carrie.

— Le panorama sur la côte, a expliqué Felicia.

— C'est tellement beau, a dit Carrie.

— Magnifique, a ajouté Felicia en jetant un coup d'œil au père Dominic.

J'hallucinais ! Ils nous prenaient pour qui ? Comme si nous ne savions pas ce qu'ils trafiquaient là-bas.

Et ça n'avait rien à voir avec le paysage.

Mark a tenu à apporter lui aussi sa pierre à l'édifice :

— Ouais. En plus, les flics ne viennent jamais nous déranger.

J'étais désarmée par tant d'honnêteté.

— Donc, a poursuivi Josh, nous étions en route. Tout allait comme sur des roulettes. Un samedi soir comme n'importe quel autre. Seulement ce n'était pas n'importe lequel. Et, quand nous nous sommes engagés dans ce virage – vous savez, l'épingle à cheveux là-haut –, quelque chose nous a heurtés…

— Ouais, a lancé Carrie, ni phares, ni klaxon, rien. *Bam !*

— Nous avons percuté le rail de sécurité, a repris Josh. Ce n'était pas grave, nous ne roulions pas très vite. Je me suis dit : *Merde, j'ai abîmé le pare-chocs.* J'ai voulu reculer. Mais il y a eu un deuxième choc…

— Oh, mais je suis certain…, a commencé le père Dominic.

Josh a continué comme s'il n'avait rien entendu.

— À la deuxième collision, plus rien n'arrêtait notre course.

— Comme s'il n'y avait plus de rambarde, a ajouté Felicia.

— On a basculé. Et on s'est réveillés ici. Morts.

Le silence a suivi ces dernières paroles. Enfin, il y avait toujours le bruit des vagues et, bien entendu, le craquement du feu. Les embruns projetés par le vent recouvraient mes cheveux de petits cristaux. Je me suis rapprochée des flammes pour me réchauffer…

C'est à ce moment-là que j'ai compris pourquoi les Anges de Stevenson s'étaient donné la peine de faire un feu. Ils l'auraient fait s'ils avaient encore été en vie. Ils l'auraient fait pour se réchauffer. Peu importait qu'ils ne puissent plus ressentir la chaleur.

Tout ce qu'ils voulaient, c'était être encore en vie.

— Surprenant, très surprenant. Mais j'espère, mes enfants, que vous réalisez qu'il s'agissait d'un simple accident…

Josh a fusillé le père Dom du regard.

— Un accident ? Ça n'avait rien d'*accidentel*, mon

père. Ce type – ce Michael – nous est rentré dedans *volontairement*.

— C'est ridicule. Parfaitement ridicule. Pourquoi diable aurait-il fait une chose pareille ?

— C'est simple, a répondu Josh. Il est jaloux.

Le père Dominic avait l'air consterné.

— Jaloux ? Peut-être l'ignorez-vous, jeune homme, mais Michael Meducci, que je connais depuis le CP, est un élève doué. Apprécié, de surcroît, par ses camarades de classe. Pourquoi, au nom du ciel, voudrait-il... Non. Non, je suis désolé. Vous vous trompez, mon garçon.

Je ne savais pas exactement dans quel univers le père Dom vivait – un univers où Michael Meducci était apprécié par ses camarades de classe—, mais ce n'était certainement pas le même que le nôtre. À ma connaissance, à part les membres du club d'échecs, personne à l'Académie n'aimait Michael Meducci. Personne ne le connaissait, d'ailleurs ! Mais, n'étant là que depuis quelques mois, je pouvais me tromper.

— Il est peut-être doué, ça n'en reste pas moins un pauvre type.

— Un pauvre type ? a répété le père Dominic.

— Parfaitement. Regardez la vérité en face, mon père. Votre Meducci n'est rien. *Rien.* Nous... (Il a désigné d'un large geste l'ensemble de ses compagnons.) Nous, en revanche, nous sommes tout. Les plus populaires de notre lycée. Il ne se passait rien à Stevenson sans notre validation. Une fête ne commençait vraiment qu'à *notre* arrivée. Un bal n'avait aucun intérêt tant que Josh, Carrie, Mark et Felicia – les « Anges » de Stevenson – n'étaient pas là. Vous avez saisi le tableau ?

— Mmmm. Non, à la vérité.

Josh a levé les yeux au ciel.

— Ce type est sérieux ? nous a-t-il demandé à Jesse et à moi.

— On ne peut plus, a répondu Jesse sans sourire.

— Très bien, a repris Josh. Laissez-moi donc vous présenter les choses autrement. Ce Meducci est un élève brillant, et alors ? J'ai la meilleure moyenne dans toutes les matières. Je détiens le record de saut en hauteur du lycée. Je suis attaquant dans l'équipe de basket. Je suis président du conseil des élèves depuis trois ans. Pour m'amuser, au printemps, j'ai auditionné pour le rôle principal dans la pièce du lycée, une adaptation de *Roméo et Juliette*, et je l'ai décroché. Oh, et j'allais oublier ! J'ai été accepté à Harvard. Du premier coup.

Josh a marqué un temps pour reprendre son souffle. Le père Dominic a ouvert la bouche pour en placer une, mais Josh a enchaîné aussi sec.

— À votre avis, combien de samedis soir Michael Meducci a passés seul dans sa chambre avec des jeux vidéo ? Hein ? Laissez-moi vous poser une autre question : à votre avis, combien de fois j'ai caressé un joystick ? Pas une seule. Vous savez pourquoi ? Parce que j'ai toujours eu une occupation le samedi soir – une soirée ou un rendez-vous avec une fille. Et pas n'importe quelle fille : la plus belle et la plus populaire du lycée. Carrie, ici présente, a un job de mannequin à San Francisco. Elle a fait des pubs. Elle a été élue reine de sa promo.

— Deux ans de suite, a-t-elle précisé de sa voix suraiguë.

Josh a opiné du chef.

— Deux ans de suite. Vous commencez à piger, mon père ? Vous imaginez Michael Meducci avec un mannequin ? Pas moi. Est-ce que le meilleur ami de Michael Meducci est, comme Mark, capitaine de l'équipe de foot ? Est-ce que Michael Meducci a reçu une bourse athlétique pour UCLA ?

Mark, définitivement pas le cerveau du groupe, a lancé d'un air passionné :

— Allez, UCLA ! On est les meilleurs !

— Et moi ? a demandé Felicia d'une petite voix.

— C'est vrai, n'oublions pas la petite amie de Mark, Felicia. Qui est à la tête non seulement des cheerleaders, mais aussi de l'équipe de danse… et, ah oui, qui a obtenu une bourse nationale pour ses notes exceptionnelles. Maintenant que vous avez tout ça bien à l'esprit, laissez-moi vous reposer la question : pourquoi un type comme Michael Meducci voudrait-il voir des gens comme nous morts ? La réponse tient en un mot : jalousie.

Le silence qui a suivi cette dernière déclaration était aussi poisseux que l'air chargé d'iode. Personne n'osait décrocher un mot. Les Anges étaient bien trop satisfaits d'eux-mêmes pour parler, et le père Dominic trop abasourdi par leurs révélations. Quant aux sentiments de Jesse sur le sujet, ils n'étaient pas clairs. On aurait dit qu'il s'ennuyait. Sans doute parce que, sur un toto né il y a plus de cent cinquante ans, les mots *bourse nationale* n'ont pas beaucoup d'effet.

J'avais la gorge sèche. La marche m'avait assoiffée, et la perspective de refaire le trajet dans l'autre sens pour rejoindre la voiture du père Dom ne m'enchantait guère. Mais, en dépit du malaise, je me sentais obligée de briser la glace.

— Ça pourrait aussi être à cause de sa sœur.

13

Tout le monde – du père Dom à Carrie Whitman – m'a considérée avec étonnement.

— Pardon ? a lancé Josh d'un ton plus impatient qu'intéressé.

— La sœur de Michael, ai-je répondu. Celle qui se trouve dans le coma.

Ne me demandez pas comment j'y ai pensé. Peut-être l'allusion de Josh aux soirées qui ne commençaient qu'avec leur présence. J'ai repensé à la dernière fête dont j'avais entendu parler – celle où la sœur de Michael avait failli se noyer dans une piscine. Ça devait être une sacrée bringue. La police y avait-elle mis un terme après l'arrivée de l'ambulance ?

Les sourcils blancs et broussailleux du père Dominic se sont haussés.

— Lila Meducci, tu veux dire ? Mais oui, bien entendu. Comment ai-je pu l'oublier ? Cette histoire est tellement tragique.

Jesse s'est manifesté pour la première fois depuis plusieurs minutes.

— Qu'est-ce qui s'est passé ?

— Un accident, a répondu le père Dom en secouant la tête. Un accident terrible. Elle a glissé dans une piscine et a failli se noyer. Ses parents n'ont plus beaucoup d'espoir de la voir se réveiller un jour.

— C'est une version de l'histoire, ai-je grommelé.

Les parents de Michael avaient dû adoucir la réalité pour le proviseur de leur fille.

— Vous avez oublié de mentionner, ai-je poursuivi, que cet incident s'est produit lors d'une fête. Et qu'elle était ivre morte quand elle est tombée dans l'eau.

Je me suis tournée vers les quatre marioles installés de l'autre côté du feu de camp.

— Et apparemment elle n'était pas la seule, ce soir-là, puisque personne n'a remarqué qu'elle était dans la flotte. En tout cas, pas assez tôt pour sauver son cerveau.

Je me suis tournée vers Jesse avant d'ajouter :

— Ai-je mentionné qu'elle n'avait que quatorze ans ?

Il était assis sur un bloc de pierre, les mains croisées autour de son genou replié.

— Vous ne saviez, évidemment, rien de cette histoire…, a-t-il lancé aux Anges.

Mark a répondu d'un air dédaigneux :

— Comment on serait au courant de la cuite de cette pauvre fille ?

— Parce que vous vous trouviez également à la fête ? ai-je suggéré d'une voix douce.

Le père Dominic n'en revenait pas.

— C'est le cas ? Est-ce que l'un d'entre vous sait quoi que ce soit ?

— Bien sûr que non, a répondu Josh, beaucoup trop rapidement à mon sens.

Et les dénégations de Felicia n'étaient pas plus convaincantes.

C'est Carrie qui a gaffé la première.

— Et même si c'était le cas, qu'est-ce que ça ferait ? Ce n'est pas parce qu'une idiote s'est saoulée à une de nos soirées que *nous* sommes responsables, si ?

C'était Felicia qui avait reçu une bourse pour ses études. Carrie Whitman, elle, avait seulement été élue reine de sa promotion.

— Pour commencer, vous avez servi de l'alcool à une élève de quatrième…

— Et comment étions-nous censés connaître son âge ? a répliqué Felicia. C'est vrai, elle était tellement maquillée que je lui aurais facilement donné quarante ans.

— Exactement, a ajouté Carrie. Et c'était une soirée sur invitation. Je n'en ai *certainement* pas envoyé à une gamine de quatrième.

— Si vous cherchez un responsable, a poursuivi Felicia, pourquoi vous ne vous tournez pas vers l'abruti qui l'a amenée ?

— Exactement, a ponctué Carrie.

— Ce n'est pas Susannah qui vous considère comme responsables de ce qui est arrivé.

La voix de Jesse, après les notes suraiguës des filles, grondait comme le tonnerre. Ça leur a rabattu le caquet. Et toc !

— C'est Michael, il me semble, qui vous a tués pour cette raison, a-t-il conclu.

Le père Dominic a poussé un grognement, comme si Jesse venait de lui décocher un coup de poing dans le bide.

— Oh, non, a-t-il dit. Tu n'imagines pas sérieusement…

— C'est plus plausible, a répondu Jesse, que la théorie selon laquelle… (Il a fait un signe de tête en direction de Josh.) … Michael aurait agi par jalousie parce qu'il n'avait jamais… de quoi s'agissait-il déjà ? Ah oui, de rendez-vous le samedi soir !

Josh avait l'air gêné.

— Je ne savais pas, a-t-il dit en jouant avec les revers de sa veste, que le cageot qu'ils ont extrait de la piscine de Carrie était la sœur de Meducci.

— Cette fois, c'en est trop, est intervenu le père Dominic. Je suis… je suis *choqué* par tout ceci.

J'étais surprise par son intonation, qui laissait transparaître, si je ne me trompais pas, de la souffrance. Le père Dominic avait été blessé par ce qu'il venait d'entendre.

— Une jeune fille est dans le coma, et tu l'insultes ? a-t-il dit en plantant ses yeux brillants dans ceux de Josh.

Ce dernier a eu la décence de prendre un air contrit.

— Euh… ce n'était qu'une façon de parler.

— Quant à vous deux…, a-t-il ajouté en se tournant vers Felicia et Carrie, vous enfreignez la loi en servant de l'alcool à une mineure, et vous avez le toupet de suggérer que c'est sa faute si elle a été blessée ?

— Mais personne d'autre n'a eu de mal, alors que tout le monde buvait, a cru utile de préciser Felicia.

— Exactement, a ajouté Carrie. Tout le monde buvait.

— Et alors, a repris le père Dominic d'une voix désormais tremblante. Si tout le monde sautait par la fenêtre, vous en feriez autant ?

Waouh. Le père Dom avait besoin d'une petite remise à niveau côté discours disciplinaire s'il pensait sérieusement que cette repartie faisait encore son effet.

J'ai écarquillé les yeux en découvrant qu'il me pointait du doigt. *Moi ?* Mais qu'est-ce que *j'*avais fait ?

Je n'ai pas attendu longtemps pour le découvrir.

— Et toi, tu t'entêtes à penser que ce qui est arrivé à

ces jeunes gens n'était pas un accident, mais un crime prémédité !

Ma mâchoire s'est décrochée. Quand je l'ai à nouveau maîtrisée, j'ai réussi à lui répondre :

— Pardonnez-moi, mais il me semble évident…

— Non. Pas pour moi. Le garçon avait un mobile ? Ça ne fait pas de lui un meurtrier pour autant.

J'ai cherché un soutien du côté de Jesse, mais il semblait aussi ébahi que moi par la réaction du père Dominic.

— Mais la rambarde…, me suis-je aventurée. Et les rivets sabotés ?

— En effet, a-t-il répondu d'une voix étonnamment irritée. Mais tu oublies l'essentiel, Susannah. Imaginons que Michael les ait attendus. Dans l'intention, peut-être, de les percuter dès qu'ils sortiraient de ce virage. Comment aurait-il pu reconnaître la voiture dans l'obscurité ? Dis-le-moi, Susannah. N'importe qui pouvait emprunter cette route. Comment Michael aurait-il pu savoir qu'il s'agissait de *leur* voiture ? *Comment ?*

Il venait de marquer un point. Et il en avait conscience. Je suis restée immobile, les cheveux balayés par le vent, les yeux tournés vers Jesse. Il était aussi perdu que moi. Le père Dom avait raison. C'était impossible.

Enfin, jusqu'à ce que Josh lance :

— La *Macarena*.

Nous l'avons tous regardé.

— Je te demande pardon ?

Même en pétard, le père Dominic restait extrêmement poli.

— Bien sûr ! a hurlé Felicia en sautant sur ses pieds et en piétinant sa longue robe. Bien sûr !

Jesse et moi étions toujours aussi perdus.

— La quoi ? ai-je demandé à Josh.

— La *Macarena*.

Il souriait. Du coup, il ne ressemblait plus du tout au toto qui avait essayé de me noyer cet après-midi-là, mais à un type de dix-huit ans intelligent et plein de vie.

Sauf que ce n'était plus le cas.

— Je conduisais la voiture de mon frère, a-t-il expliqué. Il est à la fac. Il m'a autorisé à m'en servir pendant son absence. Elle est plus grande que la mienne. Le seul hic, c'est qu'il a fait installer un avertisseur qui joue la *Macarena*.

— C'est *complètement* ridicule, a précisé Carrie.

— La nuit où nous sommes morts, j'ai klaxonné au moment de m'engager dans le virage – où Michael nous attendait.

— C'est ce qu'on est censés faire quand les virages sont aussi serrés, a ajouté Felicia.

— Il a entendu la *Macarena*. Et il nous est rentré dedans.

Le sourire de Josh s'est évanoui comme s'il avait été balayé par le vent.

— Aucune autre voiture dans la région n'a un klaxon qui joue la *Macarena*, a poursuivi Felicia. Plus maintenant. Cet air a eu la cote durant les deux semaines qui ont suivi sa sortie. Puis il est devenu totalement ringard. On ne le joue plus que dans les mariages de ploucs.

— C'est comme ça qu'il a su. C'est comme ça qu'il a su que c'était nous.

Josh n'avait plus rien d'indigné. Il avait seulement l'air triste, le regard rivé sur la mer – une mer si sombre qu'on ne pouvait la distinguer du ciel nocturne.

Je me suis soudain souvenue de ce que Michael m'avait dit, quelques heures auparavant, dans le minivan de sa mère. *Ils ont pris le virage à toute berzingue.* C'est ce qu'il avait dit. *Sans klaxonner ni rien.*

Et pourtant Josh, lui, disait qu'ils *avaient* klaxonné. Non seulement klaxonné, mais encore d'une façon singulière, qui distinguait leur voiture de toutes les autres…

— Sacrebleu !, a lâché le père Dominic comme s'il se sentait mal.

J'étais entièrement de son avis. Sauf que…

— Ça ne prouve toujours rien, ai-je répliqué.

— Tu plaisantes ? Bien sûr que si.

Josh me considérait comme si j'étais toc-toc – alors

que ce n'était pas moi qui portais un smoking sur une plage.

— Non, elle a raison, est intervenu Jesse en se levant de son rocher. Il a fait preuve d'une grande intelligence, ce Michael. Il n'y a aucun moyen de prouver – devant un tribunal, en tout cas – qu'un crime a été commis ici.

— Qu'est-ce que tu racontes ? Il nous a tués ! J'en suis la preuve vivante ! Nous avons klaxonné et il nous a fait basculer dans la mer.

— Oui, lui a répondu Jesse. Mais ton témoignage n'aura aucune valeur devant un tribunal.

— Et pourquoi ?

Josh avait les larmes au bord des yeux.

— Parce que c'est le témoignage d'un homme mort, a répliqué Jesse d'une voix égale.

Josh a pointé un doigt dans ma direction.

— *Elle* n'est pas morte. *Elle* peut leur dire.

— Qu'est-ce qu'elle leur raconterait ? Qu'elle connaît la vérité sur cette nuit-là parce que les fantômes des victimes la lui ont apprise ? Tu penses qu'un jury croira ça ?

Josh a plongé le nez vers ses chaussures.

— Parfait, alors. Retour à la case départ. Nous allons donc régler cette affaire nous-mêmes. D'accord, les gars ?

— Il n'en est pas question, ai-je dit. On ne répare

pas le mal par le mal : vous en êtes l'illustration parfaite.

— Qu'est-ce que ça signifie ? a demandé Carrie à Josh.

— Vous ne vengerez pas votre mort en tuant Michael Meducci, lui ai-je répondu. Je suis désolée, mais ça ne se passera pas comme ça.

Pour la première fois de la soirée, Mark s'est relevé. Ils nous a dévisagés, Jesse, le père Dom et moi, avant de lâcher :

— J'hallucine totalement.

Il s'est éloigné sur la plage.

— Alors le taré s'en tire comme ça ? Il tue quatre personnes et il ne lui arrive rien ?

Josh, la mâchoire serrée, avait un air menaçant.

— Personne n'a dit ça. Mais le sort de ce garçon ne dépend pas de vous.

Je n'avais jamais vu Jesse aussi sévère.

— Ah ouais ? Et ça dépend de qui, alors ?

— D'eux, a répondu Jesse en penchant la tête vers le père Dominic et moi.

— *D'eux ?* Pourquoi ? a demandé Felicia avec une pointe de mépris.

À la lueur orangée des flammes, les yeux de Jesse paraissaient noirs.

— Parce que ce sont des mediators. Et c'est ce que font les mediators.

14

Le seul hic, c'est que les mediators ne savaient absolument pas ce qu'ils devaient faire.

— Écoutez, ai-je chuchoté pendant que le père Dominic déposait une bougie blanche dans le carton que je portais. Laissez-moi appeler la police anonymement. Je leur dirai que je me trouvais à Big Sur cette nuit-là, que j'ai tout vu et qu'il ne s'agit pas d'un accident.

Le père Dominic a sorti une bougie violette du carton pour remplacer la blanche.

— Tu crois sérieusement que la police suit ce genre de piste ?

Il ne prenait pas la peine de murmurer : il n'y avait personne pour nous entendre. J'avais baissé le ton uniquement parce que la basilique, avec toutes ses feuilles dorées et ses vitraux splendides, me mettait mal à l'aise.

— Eh bien, ça pourrait leur mettre la puce à l'oreille.

Le père Dominic est descendu de son escabeau, l'a replié et déplacé jusqu'à l'étape suivante du chemin de croix. Je l'ai suivi.

— C'est vrai, ils pousseront peut-être les recherches, interrogeront Michael… Ma main à couper qu'il craquera s'ils lui posent les bonnes questions.

Le père Dominic a relevé le bas de sa robe noire pour grimper, encore une fois, sur l'escabeau.

— Quelles sont-elles, ces questions ? a-t-il demandé en troquant une autre bougie blanche contre une violette.

— Je ne sais pas.

Je commençais à sentir mes bras. La boîte était lourde. C'était normalement aux novices de s'occuper des bougies, mais le père Dominic était incapable de rester tranquille depuis notre petite expédition de la veille et avait proposé ses services. *Nos* services, plus exactement, puisqu'il m'avait tirée du cours de religion pour l'aider. Je n'y voyais aucun inconvénient. En tant qu'agnostique fervente, je n'apprenais pas grand-chose dans ce cours – et sœur Ernestine espérait que ça changerait avant mon départ du lycée.

Le père Dominic faisait pivoter une bougie d'un mouvement ferme pour la forcer à entrer dans le bougeoir.

— Je crois que la police s'en sortira sans notre aide. Si ta mère a raison, ils soupçonnent déjà Michael et il ne leur faudra pas longtemps pour l'interroger à nouveau.

— Oui, mais si ma mère avait réagi de façon excessive ?

J'ai aperçu un touriste en polo rayé qui admirait les vitraux, et j'ai encore baissé la voix d'un ton.

— Je veux dire, c'est une maman. C'est le genre de chose qu'elle fait. Imaginons que la police ne suspecte rien du tout en réalité ?

— Susannah.

La bougie ayant fini par entrer, le père Dominic est descendu de son perchoir. Il s'est campé devant moi. J'ai remarqué des ombres sombres sous ses yeux. Notre randonnée à la plage – aller et retour – nous avait épuisés, sans parler de la fatigue émotionnelle de notre entrevue avec les Anges.

Pourtant, le père Dominic semblait s'en être remis avec une énergie surprenante pour un type de soixante-cinq balais. Moi, j'avais du mal à marcher, mes tibias étaient douloureux et je n'arrêtais pas de bâiller – toutes ces folies nous ayant menés bien après minuit. À l'exception de ses cernes, le père Dom semblait fringant, presque bouillonnant d'énergie.

— Susannah, a-t-il répété d'un ton où pointait moins l'exaspération et davantage l'affection. Promets-moi que tu n'en feras rien. Que tu n'appelleras pas la police.

Ça m'avait pourtant semblé une bonne idée à quatre

heures du matin. J'étais restée éveillée presque toute la nuit à me demander comment agir.

— Mais…

— Et, sous aucun prétexte, tu n'essaieras…

Voyant que j'avais du mal à porter la boîte, il me l'a prise des bras pour la poser sur la marche supérieure de l'escabeau.

— … de parler avec Michael de tout cela.

Ce qui, évidemment, était mon plan B. Si le coup de fil anonyme ne marchait pas, je comptais coincer Michael et lui tirer les vers du nez – en employant d'abord la méthode douce, puis la forte si cela s'avérait nécessaire.

— Tu vas me laisser gérer la situation.

Il avait tellement haussé le ton que le touriste qui s'apprêtait à photographier l'autel a décampé aussi sec.

— J'ai l'intention de toucher un mot à ce jeune homme, et je peux t'assurer que, s'il est réellement coupable de ce crime odieux…

J'ai retenu mon souffle ; il a pointé dans ma direction un index de mise en garde.

— Tu m'as entendu…

Il parlait un peu plus doucement maintenant que l'une des novices s'était glissée dans l'église avec des coupons de tissu noir pour recouvrir les nombreuses statues de la Vierge Marie. Elles resteraient dissimulées de la sorte jusqu'à Pâques. La religion. Quel truc de cinglés.

— Si Michael est, comme vous le pensez, coupable, je le persuaderai d'avouer.

Je dois reconnaître qu'il était convaincant. Je n'avais rien à me reprocher, mais, devant son air sévère, j'étais prête à me confesser. Une fois, j'avais piqué cinq dollars dans le portefeuille de ma mère pour acheter un énorme paquet de bonbons. Je pourrais avouer ça.

Il a relevé la manche de sa robe pour consulter sa montre en plastique. Les prêtres ne gagnent pas suffisamment pour s'en payer des classes.

— Bien, j'attends M. Meducci d'une minute à l'autre, il faut donc que tu y ailles. Il vaudrait mieux qu'il ne nous voie pas ensemble.

— Pourquoi ? Il ne se doute pas que nous avons passé une grande partie de la nuit dernière à discuter avec ses victimes.

Le père Dominic m'a gentiment poussée d'une main et dit d'une voix paternelle :

— File, Susannah.

J'ai filé, mais pas loin. Dès que le père Dom a eu le dos tourné, je me suis glissée entre deux bancs et je me suis accroupie. Pourquoi ? Pour attendre Michael, pardi ! Je voulais m'assurer que le père Dom réussirait à lui faire cracher le morceau.

Je n'ai pas eu longtemps à patienter. À peine cinq

minutes plus tard, la voix de Michael s'élevait non loin de ma cachette :

— Père Dominic ? Sœur Ernestine a dit que vous vouliez me parler.

— Ah, Michael.

Le père Dominic ne laissait pas transparaître le sentiment d'horreur que lui inspirait l'idée d'avoir un meurtrier pour élève. Il semblait détendu, presque joyeux. J'ai entendu les bougies s'entrechoquer dans leur boîte.

— Tiens ça, veux-tu ?

— Euh… bien sûr, père Dominic.

J'ai perçu le raclement caractéristique de l'escabeau qu'on replie. Le père Dom se dirigeait vers la station suivante. Je l'entendais encore… non sans difficulté.

— Je me fais du souci pour toi, Michael. J'ai cru comprendre que ta sœur ne donnait aucun signe d'amélioration.

— Non, mon père.

La voix de Michael était si douce que je la percevais à peine.

— Je suis vraiment désolé de l'apprendre. Lila est une jeune fille charmante. Tu dois beaucoup l'aimer.

— Oui, mon père.

— Tu sais, Michael, quand il arrive du mal aux gens que nous aimons, souvent… eh bien, souvent, nous tournons le dos à Dieu.

Nom de nom ! Ça ne marcherait jamais. Pas avec Michael.

— Parfois, nous éprouvons tant d'amertume que non seulement nous nous détournons de Dieu mais nous commençons même à envisager… eh bien, des solutions que nous n'aurions jamais considérées sans cette tragédie. La vengeance, par exemple.

Très bien. En progrès, père Dom, en progrès.

— Mademoiselle Simon.

J'ai regardé autour de moi, surprise. La novice qui était venue masquer les statues m'observait depuis l'allée.

— Oh.

Je me suis redressée pour m'asseoir sur le banc. Le père Dominic et Michael me tournaient le dos. Ils étaient trop loin pour nous entendre.

— Salut, ai-je repris. Je cherchais… euh… une boucle d'oreille.

Elle n'est pas tombée dans le panneau.

— Est-ce que tu ne devrais pas être en cours de religion avec sœur Ernestine ?

— Si, ma sœur, en effet.

— Eh bien, ne ferais-tu pas mieux d'y aller, alors ?

Je me suis relevée lentement. Michael et le père Dominic s'étaient trop éloignés, maintenant, pour que je puisse les écouter.

Je me suis dirigée, avec toute la dignité dont j'étais capable, vers l'extrémité du banc, et j'ai marqué une pause quand je me suis retrouvée à côté de la novice.

— Je vous prie de m'excuser, ma sœur…

Le silence qui a suivi était si gênant que j'ai voulu le briser en ajoutant :

— J'aime beaucoup votre… euh…

Comme je ne réussissais pas à me rappeler le nom de la robe qu'elles portent, le compliment est un peu tombé à plat. Je me suis raccrochée aux branches comme j'ai pu :

— Vous savez, votre truc. Ça met la silhouette en valeur.

Apparemment, ce n'est pas ce qu'il faut dire à quelqu'un qui apprend à devenir bonne sœur : la novice est devenue rouge comme une tomate.

— Ne me forcez pas à vous mettre un nouvel avertissement, mademoiselle Simon.

Ce que j'ai trouvé plutôt rude. Après tout j'essayais simplement d'être aimable. Enfin, peu importe. Je suis sortie de l'église pour retourner en classe. J'ai pris le temps de passer par la cour baignée d'une douce lumière afin d'apaiser mes nerfs grâce au doux gargouillis de la fontaine.

J'ai à nouveau eu les nerfs en pelote en apercevant une autre novice près de la statue du père Serra : elle présentait à un groupe de touristes les œuvres charitables de la Mission. Histoire d'éviter d'être repérée dans la cour sans mot d'excuse (Comment avais-je pu oublier d'en demander un au père Dom ? J'avais dû être déstabilisée par toutes ces bougies...), je me suis glissée dans les toilettes des filles, où j'ai été assaillie par un nuage de fumée grise.

Ce qui ne pouvait signifier qu'une chose.

— Gina, ai-je lancé en me baissant pour découvrir dans quel box elle se trouvait. Tu es cinglée ?

Sa voix s'est élevée au fond de la pièce, près de la fenêtre qu'elle avait intelligemment ouverte.

— Je ne crois pas, a-t-elle répondu en ouvrant la porte et en soufflant.

— Je pensais que tu avais arrêté.

— C'est vrai.

Elle s'est assise à mes côtés, sur le rebord de la fenêtre. La Mission a été construite dans les années mille six cent et quelque, et ses murs sont si épais que toutes les fenêtres ont un rebord large d'au moins soixante centimètres. Ce qui est bien pratique.

— Je ne fume qu'en cas d'urgence, et un cours de religion en constitue un. Je suis, d'un point de vue philosophique, opposée à toute religion institutionnalisée. Et toi ?

— Aucune idée. J'ai toujours pensé que le bouddhisme avait la classe. Cette histoire de réincarnation me plaît bien.

— C'est l'hindouisme, banane. Et je parlais de la cigarette.

— Ah, d'accord. Non, je n'ai jamais pris le pli.

Dormeur ne t'a pas raconté la fois où il m'a surprise avec une clope ?

— Non. Et j'aimerais que tu l'appelles autrement.

J'ai retenu une grimace.

— Jake, donc. Il était plutôt furax. Ne te fais pas prendre la main dans le sac, ou il te laissera tomber comme une vieille chaussette.

— Ça m'étonnerait, a-t-elle rétorqué avec un sourire mystérieux.

Elle avait sans doute raison. Je me suis demandé comment ce serait d'être à sa place et de rendre tous les garçons dingues. Les seuls garçons qui tombaient amoureux de moi étaient les zozos comme Michael Meducci. Et il n'était même pas réellement amoureux de moi. Il aimait l'idée que je sois amoureuse de lui. Ce qui me filait décidément des frissons quand j'y pensais.

J'ai poussé un lourd soupir et jeté un œil par la fenêtre : des centaines de mètres de pelouse parsemée de cyprès dévalant jusqu'à la mer et ses eaux bleues qui scintillaient sous le soleil de l'après-midi.

— Je ne sais pas comment tu supportes ça, a lancé Gina en exhalant une volute de fumée grise.

À son ton, j'ai déduit qu'elle en était revenue aux cours de religion.

— C'est vrai, ça doit te paraître vraiment débile. En tant que mediator, je veux dire.

J'étais rentrée trop tard la veille pour avoir ma

« conversation » avec Gina. Elle dormait à poings fermés quand je m'étais glissée dans la chambre. Ce qui, vu mon état d'épuisement, tombait plutôt bien.

Même si je n'avais pas réussi à m'endormir.

— Difficile à dire, ai-je répondu. Je n'ai pas la moindre idée de l'endroit où vont les fantômes une fois que je leur ai botté les fesses. Je sais simplement qu'ils... partent. Peut-être au ciel. Peut-être pour une vie après. Je ne crois pas que je le découvrirai avant ma propre mort.

Gina a soufflé la fumée par la fenêtre cette fois-ci.

— À t'entendre, c'est comparable à un voyage. Comme si en mourant on changeait simplement d'adresse.

— C'est parce que, moi, je l'envisage ainsi. Mais ne me demande pas de te donner l'adresse. Je ne la connais pas.

Gina avait fini sa cigarette. Elle l'a écrasée sur le rebord de la fenêtre, avant de la jeter par-dessus la porte la plus proche : le mégot a atterri dans la cuvette des toilettes avec un petit *plouf*.

— Alors ? Qu'est-ce qui s'est passé hier soir ?

Je lui ai raconté. Les Anges de Stevenson convaincus que Michael les avait assassinés. La sœur de Michael et l'accident dans la piscine. Josh et ses potes qui cherchaient à venger leur mort. Le père Dominic et moi qui nous étions pris le bec avec eux, jusqu'à une heure avancée de la nuit, pour finir par les persuader de nous laisser traîner Michael en justice. En ayant recours aux forces de l'ordre traditionnelles et pas à des tueurs à gages paranormaux.

Je n'ai omis qu'une seule chose : Jesse. Je n'arrivais pas à me résoudre à lui en parler. Peut-être à cause de ce que la voyante avait dit. Peut-être parce que je craignais que Madame Zara n'ait raison et que je ne sois réellement cette pauvre fille qui tomberait amoureuse d'une seule personne, à savoir un type :

1) qui ne m'aimait pas, et

2) que je ne pourrais jamais présenter à ma mère ; il n'était même pas vivant.

Ou peut-être simplement parce que… parce que Jesse était un secret que je voulais garder pour moi. Un peu comme une godiche éprise de Justin Timberlake. Peut-être qu'un jour je me posterai devant la fenêtre de ma chambre avec une énorme pancarte disant : *Jesse, m'accompagnerais-tu au bal de promo ?* comme toutes ces filles qui attendent à la sortie des concerts. J'espère sincèrement que quelqu'un me tuera avant que j'en arrive là.

Gina a soupiré.

— Ça ne fait que démontrer ce qu'on savait déjà. Les beaux gosses se révèlent toujours des meurtriers psychopathes.

Elle pensait à Michael.

— Oui. Mais ce n'est pas vraiment un beau gosse. Sauf en maillot de bain.

— Tu me comprends. Qu'est-ce que tu feras s'il n'avoue pas au père Dominic ?

— Aucune idée. (Ça m'avait d'ailleurs valu une insomnie la nuit précédente.) Il faudra sans doute trouver une preuve.

— Ah ouais ? Et où ça ? Il y a des magasins pour ça ?

Gina a bâillé, regardé sa montre et sauté sur ses pieds.

— Plus que deux minutes avant le déjeuner. Qu'est-ce qu'on aura à ton avis ? Encore des *corn dogs* ?

— Je le crains, oui.

L'Académie de la Mission n'était pas réputée pour les prouesses culinaires de sa cantine. Tout simplement parce qu'elle n'en avait pas. Nous achetions notre déjeuner à des marchands ambulants. Ce qui était incongru, même pour des filles de Brooklyn qui croyaient avoir tout vu.

— Ce que j'aimerais comprendre, a-t-elle lancé alors que nous sortions des toilettes dans le couloir qui serait bientôt envahi par la foule des élèves, c'est pourquoi tu ne m'en as jamais parlé. De cette histoire de mediator. Ce n'est pas comme si je n'étais pas au courant.

Tu ne l'es pas, ai-je pensé. *En tout cas, pas du pire.*

— J'avais peur que tu ne le dises à ta mère, ai-je répondu à voix haute. Et qu'elle n'en discute avec la mienne. Qui m'aurait collée à l'asile. Pour mon bien, évidemment.

— Évidemment… Tu es une imbécile, tu sais ? Je n'aurais jamais rien dit à ma mère. De façon générale, à moins d'y être obligée, je ne lui dis rien. Tu penses bien que je ne lui aurais jamais raconté cette histoire de mediator – ni à elle ni à personne d'autre d'ailleurs.

— Oui, je sais… Je crois qu'à New York j'étais très angoissée. Ça va un peu mieux depuis que je suis ici.

— On dit que la Californie a cet effet…

C'est à cet instant que les cloches de la Mission ont sonné midi. Les portes des salles de classe environnantes se sont ouvertes à la volée, et un flot d'élèves s'en est déversé.

Il n'a fallu que trente secondes à Michael pour me retrouver.

Il n'avait absolument pas l'air de quelqu'un qui vient d'avouer quatre meurtres.

— Salut ! Je te cherchais. Qu'est-ce que tu fais après les cours ?

— Rien, ai-je répondu avant que Gina n'ait le temps d'ouvrir la bouche.

— La compagnie d'assurances m'a enfin prêté une voiture et je me disais, tu sais, si tu voulais retourner à la plage…

À la plage ? Ce type souffrait d'amnésie ou quoi ? Avec ce qui lui était arrivé la dernière fois, j'aurais cru que c'était le dernier endroit au monde où il aurait envie de mettre les pieds.

Pourtant, même s'il l'ignorait, il y serait parfaitement en sécurité. Grâce à Jesse. Il gardait un œil sur les Anges pendant que nous tentions, le père Dom et moi, d'amener leur assassin à reconnaître son crime devant la justice.

Je cherchais quelle réponse apporter à la proposition de Michael quand j'ai aperçu le père Dominic. Il venait dans notre direction. Juste avant d'être entraîné dans la salle des professeurs par M. Walden, qui gesticulait énergiquement, il a secoué la tête. Michael lui tournait le dos, il ne pouvait donc pas le voir. Le message du père Dom était clair : Michael ne s'était pas confessé.

Il était temps de faire intervenir les pros.

Moi, donc.

— Avec plaisir, ai-je répondu à Michael. Tu pourrais m'aider pour mes devoirs de géométrie. Je crois que je n'arriverai jamais à intégrer ce théorème de Pythagore. Je suis sûre de rater la prochaine interro.

— Mais ce n'est pas compliqué : la somme des carrés des côtés d'un triangle rectangle est égale au carré de l'hypoténuse.

— Mmmm…

— Écoute, je déchire en géométrie, laisse-moi te donner un cours particulier.

Je l'ai considéré avec un regard d'adulation feinte.

— Oh, tu ferais ça ?

— Bien entendu, a-t-il répondu.

— Est-ce qu'on peut s'y mettre aujourd'hui ? Après les cours ? Chez toi ?

Je mérite un Oscar. Franchement. Je maîtrisais parfaitement le rôle de la fille désespérée.

— Euh… d'accord.

Il avait l'air décontenancé. Quand il a repris ses esprits, il a ajouté sournoisement :

— Mais mes parents ne seront pas là. Mon père est au travail, et ma mère passe la plupart de son temps à l'hôpital. Avec ma sœur. Tu sais. J'espère que ça ne pose pas de problème.

J'ai répondu en minaudant :

— Oh non, aucun.

Il semblait content, et en même temps un peu gêné.

— Mmmm, a-t-il fini par dire alors que des hordes d'élèves nous bousculaient. Écoute, pour le déjeuner… Je ne pourrai pas manger avec toi ce midi. J'ai des trucs à faire. Mais je te retrouve ici après le dernier cours, d'ac ?

— Dacodac, ai-je répondu en imitant à la perfection Kelly Prescott, la pire nunuche que je connaisse.

Ça a dû fonctionner : Michael s'est éloigné l'air surpris mais charmé.

Gina m'a attrapée par le bras pour m'attirer dans l'encadrement d'une porte et me siffler à l'oreille :

— T'es devenue complètement folle, ou quoi ? Tu vas *chez* lui ? *Seule ?*

— Calme-toi, Gi.

Je dois reconnaître que ce surnom marchait bien, même si ça me faisait horreur de reconnaître que mon demi-frère pouvait être à l'origine de quelque chose de bien.

— C'est mon boulot, ai-je poursuivi.

— Traîner avec des types soupçonnés de meurtre ? Ça m'étonnerait, Suze. Tu en as parlé avec le père Dominic ?

Gina semblait sceptique.

— Gi, je suis une grande fille. Je n'ai pas besoin d'autorisation.

— Tu ne lui as rien dit, n'est-ce pas ? Qu'est-ce qui se passe ? Tu te lances en solo ? Et ne m'appelle pas Gi.

— Écoute, ai-je répondu d'une voix que j'espérais rassurante. Il n'y a aucune chance que Michael avoue. Mais c'est un dingue d'ordi. Et que font les boutonneux quand ils ont un projet ?

— Je ne sais pas. Et je m'en fiche. Ce que j'essaie…

— Ils l'écrivent. Sur leur bécane. Ils tiennent un journal, ou ils s'en vantent sur des forums, ou ils font un plan de l'immeuble qu'il veulent détruire, ou autre chose. Même si je n'arrive pas à lui faire cracher le morceau, je parie qu'en me retrouvant seule avec son ordinateur, je peux…

— Gi ! Tu es là. Tu vas déjeuner ?

Dormeur nous avait rejointes. Les lèvres de Gina étaient toujours pincées, mais il n'y a prêté aucune attention. Pas plus que Stone, qui s'est pointé une seconde plus tard.

— Hey ! Qu'est-ce que vous faites plantés là ? On va bouffer ?

Il a marqué un temps avant d'ajouter avec un ricanement :

— Suze, où est ton toutou ?

— Michael ne se joindra pas à nous ce midi, il avait un empêchement.

— Ouais, a grogné Stone.

Puis il a ajouté une remarque désobligeante, comme quoi Michael avait eu un problème pour garder une certaine partie de son anatomie dans son pantalon. Ce qui était, apparemment, une allusion au manque de coordination de Michael, et non l'insinuation qu'il était mieux doté que le mâle moyen de seize ans.

J'ai préféré ignorer cette pique, tout comme Gina, même si elle, elle n'avait tout bonnement pas entendu.

— J'espère que tu sais ce que tu fais, a-t-elle lâché.

Il était évident qu'elle ne répondait à aucun de mes demi-frères, ce qui les a énormément perturbés. Pourquoi une fille prendrait-elle la peine de me parler à *moi* en *leur* présence ?

— Gi, tu me prends pour quoi ? Une débutante ?

— Non. Une inconsciente.

J'ai éclaté de rire. Je pensais sincèrement qu'elle plaisantait. Ce n'est que beaucoup plus tard que j'ai compris qu'il n'y avait rien de drôle là-dedans.

Parce que Gina avait raison. Sur toute la ligne.

15

Je vais vous dire un truc sur les assassins. Et si vous en connaissez un, vous serez certainement de mon avis : ils ne peuvent pas s'empêcher de se vanter.

Honnêtement. Ils sont affreusement orgueilleux. Ce qui est d'ailleurs en général leur point faible.

Je me mets à leur place : réussir le crime parfait sans pouvoir le dire à personne. À personne.

C'est presque toujours ce qui les fait tomber. Garder ce secret les tue à petit feu.

Ils ne tiennent pas à être arrêtés. Non. Ils veulent juste que quelqu'un reconnaissance l'intelligence de leur plan, leur capacité à tromper la police. À tromper tout le monde. Ils doivent le raconter à quelqu'un. Sinon, à quoi bon ?

Cette remarque n'engage que moi, bien sûr. J'ai croisé un certain nombre d'assassins dans mon secteur d'activité : seuls ceux qui réussissent à la fermer s'en sortent. Les autres ? Direct à la case prison.

Il me semblait donc logique que Michael – qui me croyait amoureuse de lui – décide de se vanter de ses exploits devant moi. Il avait déjà commencé en déclarant que Josh et ses copains « gaspillaient de l'oxygène ». Selon toute vraisemblance, avec un petit coup de pouce, il se mettrait à table. Il me livrerait peut-être même des aveux complets et je pourrais les transmettre à la police.

Qu'est-ce que vous dites ? Me sentir coupable ? De balancer un toto qui, après tout, essayait simplement de rendre la monnaie de leur pièce à des ados qui avaient quasiment laissé sa sœur se noyer ?

Oui, bon, écoutez-moi : je ne fais pas dans la culpabilité. Pour moi, il y a deux types de personnes. Les bons et les mauvais. En ce qui me concerne, dans ce cas précis, je ne voyais pas un seul bon. Ils avaient tous commis un acte répréhensible, de Lila Meducci, qui avait bu au point de mettre sa vie en danger, aux Anges de Stevenson, qui avaient rendu cela possible en organisant leur fête. On pourrait m'objecter que certains avaient commis des crimes plus abominables que les autres – comme le quadruple meurtre de Michael –, mais pour être honnête je trouvais… qu'ils craignaient tous.

Donc, pour répondre à votre question : non, je ne me sentais pas du tout coupable. Plus tôt Michael avouerait (ce qui finirait par arriver de toute façon), plus tôt je pourrais me recentrer sur l'essentiel : me dorer au soleil sur la plage avec ma meilleure amie.

J'étais dans les toilettes des filles après la dernière heure de cours pour me mettre de l'eye-liner – l'expérience m'a appris que les criminels se livrent plus facilement quand je suis à mon top –, lorsque j'ai eu le premier indice que l'après-midi ne se déroulerait pas exactement comme je l'avais prévu.

La porte s'est ouverte sur Kelly Prescott, suivie comme son ombre par Debbie Mancuso. Elles n'étaient apparemment pas venues pour se soulager ou se recoiffer : elles se sont campées devant moi et m'ont considérée avec hostilité.

Je me suis adressée à leur reflet dans le miroir au-dessus des lavabos :

— Si vous venez me réclamer des fonds pour une excursion dans les vignobles, passez votre chemin. J'en ai discuté avec M. Walden, et il m'a dit que c'était le projet le plus ridicule dont il ait jamais entendu parler. La fête foraine, pourquoi pas, mais certainement pas la Napa Valley. Ils vérifient les cartes d'identité là-bas, vous savez ?

La lèvre supérieure de Kelly s'est contractée.

— Il ne s'agit pas de *ça*, a-t-elle lancé d'un air dégoûté.

— Ouais, a renchéri Debbie, c'est au sujet de tes *fréquentations*.

— Mes fréquentations ?

J'avais tiré une brosse de mon sac à dos et je me lissais les cheveux, feignant l'indifférence. Aucun besoin de feindre d'ailleurs, tant je me sentais peu concernée par leurs accusations. Rien de ce que Kelly ou Debbie racontaient ne m'atteignait. Cependant, je n'avais aucune envie de régler un nouveau problème, j'avais ma dose.

— Vous voulez parler de Michael Meducci ?

— On pourrait. Comment peux-tu accepter de t'afficher avec *lui ?* Ça me dépasse. Mais nous sommes là pour cette *Gina*.

— Oui, a ponctué Debbie en plissant ses yeux de colère.

Gina ? Oh, *Gina*. Gina, qui avait volé les « mecs » de Kelly et de Debbie. Où avais-je la tête ?

— Quand est-ce qu'elle repart à New York ? a demandé Kelly.

— Et où est-ce qu'elle dort ? Dans ta chambre ? a ajouté Debbie.

Kelly lui a balancé un coup de coude.

— Comme si tu ne crevais pas d'envie de le savoir, Kel, a rétorqué Debbie.

Kelly lui a jeté un regard noir avant de m'interroger.

— Il n'y a pas eu de… euh… coucheries ?

Coucheries ?!

— Pas à ma connaissance.

J'aurais pu les faire enrager, mais le truc, c'est que je compatissais. Je sais que, si le fantôme d'une femme fatale se pointait pour me piquer Jesse, j'aurais les nerfs. Même si Jesse n'a jamais été à moi.

— Aucune coucherie. Ils se sont peut-être fait du pied sous la table au dîner. Mais aucune coucherie.

Le soulagement se lisait sur les visages de Debbie et de Kelly.

— Elle part quand ? a demandé Kelly.

— Dimanche.

Elles ont toutes deux poussé un petit soupir. Et Debbie a ajouté :

— Super.

Maintenant qu'elle savait qu'elle n'avait plus longtemps à supporter Gina, Kelly était prête à faire des efforts.

— Ce n'est pas qu'on ne l'aime pas...

— Oui, a ajouté Debbie. C'est juste qu'elle... enfin tu vois.

— Je vois, ai-je répété d'une voix que j'espérais rassurante.

— C'est seulement parce qu'elle est nouvelle, a repris Kelly, sur la défensive maintenant. C'est pour ça qu'elle les intéresse. Parce qu'elle est différente.

— Bien entendu, ai-je répondu en fourrant ma brosse à cheveux dans mon sac.

— Elle est de New York, et alors ? (Kelly commençait sérieusement à s'animer.) Qu'est-ce que ça peut faire ? Je veux dire, moi aussi j'ai été à New York. Et c'était pas si bien que ça. C'était crado, il y avait des pigeons et des clodos immondes partout.

— Ouais, a ponctué Debbie. Et vous savez quoi ? À New York, ils n'ont même pas de tacos au poisson.

J'ai presque eu honte pour elle.

— Bon, mesdames, ai-je dit en balançant mon sac sur mon épaule, ce fut un plaisir. Je dois y aller maintenant.

Quand je les ai laissées, elles plongeaient le petit doigt dans un pot de gloss et étaient penchées vers le miroir.

Michael m'attendait exactement à l'endroit prévu. L'eye-liner a produit l'effet escompté : il a rougi en m'apercevant.

— Salut… euh… Est-ce que tu… euh… veux que je prenne ton sac à dos ?

J'ai minaudé.

— Oh, ce serait adorable.

Michael avait une drôle de dégaine avec nos deux sacs, mais comme c'était déjà le cas en temps normal – sauf quand il était en maillot de bain –, ça ne faisait pas un grand changement. Nous nous sommes engagés dans le couloir frais et ombragé – et désert, maintenant que tout le monde était parti – avant de traverser le parking baigné d'une douce lumière jaune. La mer, en contrebas, scintillait. Le ciel au-dessus de nos têtes était limpide.

— Ma voiture est là-bas, a dit Michael en indiquant une berline vert émeraude. Enfin, ce n'est pas vraiment ma voiture. C'est celle que l'assurance me prête. Je ne suis pas tombé sur un mauvais numéro. Elle en a sous la pédale.

Je lui ai lancé un sourire et il a trébuché sur une dalle de béton descellée. Il a bien failli s'étaler de tout son long. Le rouge à lèvres, lui aussi, faisait son effet.

— Il faut juste que je… euh… trouve les clés, a-t-il bredouillé en farfouillant dans ses poches.

Je lui ai dit de prendre son temps. J'ai sorti mes lunettes de soleil et me suis appuyée contre le capot de sa voiture de location, le visage tourné vers le ciel. Quel était le meilleur moyen de mettre le sujet sur le tapis ? Suggérer un détour à l'hôpital pour voir sa petite sœur ? Non, mieux valait arriver le plus vite possible chez lui pour accéder à ses mails. Même si je ne saurais probablement pas comment procéder… Je pourrais toujours appeler Sissi. Oui, elle, elle saurait. Est-ce qu'il est possible de téléphoner et de consulter la boîte mail de quelqu'un en même temps ? Oh, bon sang, pourquoi ma mère refuse-t-elle que j'aie un téléphone portable ? J'étais sans doute la seule seconde à ne pas en posséder – à part Stone, bien sûr.

Alors que je tenais ce débat intérieur, une ombre est venue se poser sur mon visage. J'ai ouvert les paupières et découvert Dormeur.

— Qu'est-ce que tu fiches ? a-t-il demandé de sa fameuse voix atone.

Je me suis sentie rougir. Et ce n'était pas la faute du soleil.

— Michael me raccompagne, ai-je lâché d'une voix hésitante.

Du coin de l'œil, je voyais que Michael avait enfin trouvé les clés et ouvert la portière côté conducteur. Il s'est figé.

— Certainement pas ! a lancé Dormeur.

Je n'en revenais pas. Je n'en revenais pas qu'il me fasse un coup pareil. J'étais si embarrassée que j'aurais voulu mourir.

— Dor…, ai-je commencé avant de m'interrompre juste à temps. *Jake*, lâche l'affaire, ai-je grommelé les dents serrées.

— Non, *toi*, tu lâches l'affaire. Rappelle-toi ce que maman a dit.

Maman. Il venait d'appeler ma mère *maman*. Qu'est-ce qui se passait, là ?

J'ai baissé mes lunettes de soleil et j'ai regardé derrière Jake. À l'autre bout du parking, Gina, Stone et Doc, appuyés sur le flanc de la Rambler, nous observaient.

Gina. Elle m'avait balancée. Elle m'avait balancée à *Dormeur*. J'hallucinais.

— Dorm… je veux dire Jake. J'apprécie ta sollicitude. Franchement. Mais je suis assez grande pour…

— Non.

À ma grande surprise, il m'a attrapée par le bras. Il était étonnamment fort pour quelqu'un qui donne l'impression d'être perpétuellement épuisé.

— Tu rentres avec nous, Susannah. Désolé, mec, a-t-il ajouté à l'intention de Michael. Je suis censé la ramener à la maison aujourd'hui.

Apparemment, les excuses de Dormeur n'ont pas du tout convaincu Michael. Il a déposé nos deux sacs et, tout en fourrant les clés de la voiture dans la poche de son pantalon, il s'est approché d'un pas décidé de mon demi-frère.

— Je ne crois pas que cette jeune femme, a-t-il lancé avec une dureté que je ne lui connaissais pas, ait envie de t'accompagner.

Jeune femme ? Quelle jeune femme ? J'ai réalisé tout à coup qu'il s'agissait de moi ! J'étais la *jeune femme* !

— Je me fiche de ce qu'elle veut ou pas. Elle ne montera pas dans ta voiture, un point c'est tout.

La voix de Dormeur n'avait rien de sec. Elle restait aussi neutre.

— Ça m'étonnerait.

Michael a fait un pas de plus dans la direction de Dormeur. J'ai constaté que ses deux poings étaient serrés.

Michael allait défier Dormeur ! Pour moi !

Ça devenait super excitant. Jamais deux garçons ne

s'étaient battus pour moi. Il fallait bien reconnaître pourtant que la présence dans ce tableau de mon demi-frère, qui m'attirait autant que Max, le chien de la famille, atténuait quelque peu mon enthousiasme.

Et Michael n'était pas non plus le rancard de l'année, à bien y réfléchir, avec les soupçons de meurtre qui pesaient sur lui…

Pourquoi fallait-il que les adversaires soient aussi nazes ? Pourquoi ce n'était pas Matt Damon et Ben Affleck ? Là, je prendrais vraiment mon pied !

— Écoute, mon pote, a dit Dormeur en remarquant les poings de Michael, tu n'as aucune chance face à moi, alors je vais emmener ma sœur… (Il m'a tirée vers lui, me forçant à quitter le capot de la voiture.) Pigé ?

Sœur ? *Demi*-sœur ! *Demi*-sœur ! Mince, pourquoi est-ce que personne n'employait les termes exacts ?

— Suze, a lancé Michael sans quitter Dormeur des yeux. Monte dans la voiture.

Cette petite mascarade avait assez duré. Non seulement j'étais complètement ridiculisée, mais en prime je crevais de chaud. Ce soleil de fin d'après-midi, c'était pas de la gnognotte. Je n'avais plus aucune énergie pour traquer les fantômes.

Je n'avais également aucune envie que quiconque se blesse pour quelque chose d'aussi débile.

— Écoute, ai-je dit à Michael, je ferais mieux de rentrer avec lui. Un autre jour, d'accord ?

Michael a fini par détacher ses yeux de Dormeur.

Quand ils ont croisé les miens, ils luisaient étrangement. Comme s'ils ne me voyaient pas réellement.

— Très bien.

Il est monté dans sa voiture sans rien ajouter et a lancé le moteur.

Purée, mais quel bébé ! ai-je pensé.

— Je t'appelle quand je suis chez moi, lui ai-je crié.

Mais je doute qu'il ait entendu quoi que ce soit avec les vitres remontées. Il serait difficile d'obtenir une confession par téléphone, mais pas impossible.

Les pneus de Michael ont crissé sur l'asphalte brûlant.

— Quel crétin fini, a bougonné Dormeur en me traînant à travers le parking.

Enfin, il n'a pas vraiment dit *crétin*. Ni *fini*.

— Et tu veux sortir avec ce type ? a-t-il ajouté.

— On est amis, ai-je lâché d'un ton maussade.

— Ouais. C'est ça.

— Ma vieille, m'a lancé Stone quand nous avons atteint la Rambler, tu es cuite.

C'était sa tirade préférée. Il me la servait d'ailleurs à la moindre occasion.

— Pas techniquement, Brad, a expliqué Doc d'une voix posée. Tu vois, elle n'est pas réellement montée dans la voiture avec lui. Et c'est ce qui lui avait été interdit. Monter en voiture avec Michael Meducci.

— Fermez-la, tous, a dit Dormeur en prenant place derrière le volant. Et ramenez vos fesses.

Gina s'est naturellement installée à côté de Dormeur. Apparemment, elle considérait que l'interdiction de parler ne la concernait pas.

— Pourquoi on ne s'arrêterait pas pour prendre une glace en chemin ?

Je voyais clair dans son jeu : elle était prête à tout pour que je lui pardonne. Comme si un esquimau au chocolat pouvait y changer quoi que ce soit. Même si ça aidait...

— Bonne idée, a dit Dormeur.

Stone, à ma droite – comme d'habitude, j'avais atterri au milieu de la banquette –, a grommelé :

— Je ne vois pas ce que tu trouves à ce barjo de Meducci.

C'est Doc qui a répondu.

— C'est simple. Les femelles, quelle que soit leur espèce, choisissent le partenaire mâle le plus susceptible de subvenir à leurs besoins ainsi qu'à ceux de la progéniture pouvant résulter de leur accouplement. Michael Meducci est bien plus intelligent que la plupart de ses camarades de classe et remplit donc ce rôle à la perfection, tout en possédant, d'après les canons de beauté ayant cours en Occident, un physique d'exception, si j'en crois les conversations que j'ai pu surprendre entre Gina et Suze. Étant vraisemblable qu'il transmettra ses gènes exceptionnels à ses enfants, il attire les femmes en âge de se reproduire. Du moins celles qui, comme Suze, font preuve de discernement.

Un long silence s'est installé dans la voiture... Le genre de ceux qui suivent les tirades de Doc.

Gina l'a brisé en lançant, pleine de révérence :

— Ils devraient te faire sauter une classe, David.

— Oh, ils me l'ont proposé, a-t-il répondu gaiement, mais, bien que mon intellect soit en avance pour un garçon de mon âge, ma croissance, elle, est en retard. Il me semblerait peu judicieux de me placer au milieu d'une population de mâles plus grands que moi qui pourraient se sentir menacés par mon intelligence supérieure.

— En clair, a décodé Dormeur à l'intention de Gina, nous avions peur que les grands le castagnent.

Il a démarré et quitté le parking en trombe – en dépit du surnom dont je l'ai affublé, il roule toujours vite.

Je réfléchissais au meilleur moyen de leur faire comprendre que je traînais uniquement avec Michael Meducci pour le forcer à avouer le meurtre des Anges de Stevenson, lorsque Gina a lancé :

— Bon sang, Jake, tu es pressé ?

Ce qui était plutôt amusant vu que Gina – que ses parents – fort avisés, ne laissaient pas approcher de leur voiture – n'avait jamais conduit de sa vie. Mais j'ai compris ce qui la préoccupait en levant le nez. Nous approchions du portail de l'école, qui se trouvait au pied d'une descente et ouvrait sur une intersection où la circulation était dense. Et nous roulions bien au-delà de la limite autorisée.

— Ouais, Jake, a ajouté Stone du fond de son siège, lève le pied, espèce de psychopathe.

Je savais que Stone cherchait seulement à se faire mousser devant Gina, mais il n'avait pas tort : Dormeur allait beaucoup trop vite.

— Ce n'est pas une course, ai-je repris.

Doc a commencé à baragouiner que les endorphines de Jake avaient dû monter en flèche suite à notre altercation et à sa bagarre avortée avec Michael, ce qui expliquerait qu'il ait soudain le pied aussi lourd…

Il s'est interrompu lorsque Jake a lâché d'une voix tout sauf monocorde :

— Impossible de ralentir. Les freins… les freins ne répondent pas.

Intéressant. Je me suis penchée en avant. J'imaginais sans doute que Jake cherchait à nous effrayer.

J'ai alors vu la vitesse à laquelle nous approchions du carrefour. Ce n'était pas une blague. Nous allions débouler au milieu d'une route à quatre voies.

— Sautez ! a hurlé Jake.

Je n'ai pas immédiatement compris ce qu'il voulait dire. Puis j'ai remarqué que Gina se débattait avec sa ceinture de sécurité et j'ai pigé.

Mais il était trop tard. Nous venions juste de franchir les portes de la Mission et nous arrivions sur la route. Sauter maintenant serait aussi suicidaire que de rester dans un bolide traversant à tombeau ouvert une artère de cette importance. Au moins, en restant dans la voiture, nous étions protégés – si l'on peut dire – par les murs d'acier de la Rambler.

Jake a appuyé sur le klaxon comme un damné, accompagnant son geste de toutes les injures possibles et imaginables. Gina s'est caché les yeux. Doc a jeté ses bras autour de moi et a enfoui son visage dans mon giron. Quant à Stone, à ma grande surprise, il s'est mis à crier comme une fillette. Dans mon oreille.

Nous dévalions toujours la pente. Nous avons dépassé une femme éberluée dans son break Volvo, un couple de Japonais ébahis dans leur Mercedes, qui avaient tous réussi à écraser leur frein à temps pour éviter de nous percuter.

Nous n'avons pas eu autant de chance avec les deux voies suivantes, malheureusement.

Un semi-remorque arborant un tigre sur le capot fonçait droit sur nous, klaxonnant comme un fou. Le tigre s'est rapproché encore et encore…

Jusqu'à ce que je ferme les yeux. J'ai ressenti un choc. La secousse a été si forte que ma nuque a été projetée en arrière, exactement comme quand on fait un tour à 90 degrés sur un grand huit.

Quand j'ai rouvert les paupières, tout tournait très vite, et j'ai eu l'impression de me trouver sur un manège toupie. Sauf que ce n'était pas un manège. Nous étions toujours dans la Rambler, qui tournoyait sur la route.

Soudain, après un craquement sinistre, une explosion de verre et une autre secousse violente, elle s'est arrêtée.

Lorsque la fumée et la poussière se sont dissipées, nous avons découvert que nous avions fini notre course dans l'office de tourisme. Le panneau BIENVENUE À CARMEL ! s'était effondré sur le pare-brise.

16

— Ils ont tué ma voiture.

C'était tout ce que Dormeur était capable de dire. Il le répétait depuis que nous nous étions extraits de l'épave de sa Rambler.

— Ma voiture. Ils ont tué ma voiture.

Peu importait qu'il ne s'agisse pas de *sa* voiture. C'était celle de la famille, ou du moins des enfants.

Et peu importait que Dormeur soit incapable d'expliquer qui se cachait derrière ce mystérieux « ils ».

Il se contentait de le grommeler en boucle. Le truc, c'est que plus il l'assénait, plus l'horreur de la situation nous pétrifiait.

Parce que, évidemment, ce n'était pas la *voiture* qu'on avait essayé d'assassiner. Oh non. Les passagers étaient les victimes désignées.

Ou, pour être plus précis, un des passagers. Moi.

Je ne crois pas chercher à tirer la couverture à moi

en affirmant une telle chose. Je suis sincèrement persuadée que c'est à cause de moi qu'on avait saboté les freins de la Rambler. Parfaitement. On avait fait en sorte que le liquide de freinage s'échappe. La voiture, qui était plus vieille que ma mère – mais pas autant que le père Dom –, n'avait qu'un seul fil, ce qui facilitait ce genre d'attaque.

Voyons voir maintenant… Qui, à ma connaissance, souhaite me voir périr dans un feu de joie ? Oh, attendez, je sais. Que pensez-vous de Josh Saunders, Carrie Whitman, Mark Pulsford et Felicia Bruce ?

Je mérite une médaille.

Je ne pouvais évidemment faire part de mes soupçons à personne. Ni à la police qui avait débarqué pour prendre nos dépositions. Ni aux secouristes qui n'en revenaient pas qu'à l'exception de quelques bleus nous nous en soyons tirés sans dommages. Ni aux dépanneurs venus enlever ce qu'il restait de la Rambler. Ni à Michael qui, ayant quitté le parking quelques secondes avant nous, avait entendu l'accident et fait demi-tour ; il était l'un des tout premiers à nous avoir aidés à sortir de la voiture.

Et certainement pas à ma mère et à mon beau-père qui avaient déboulé à l'hôpital les lèvres pincées, le visage pâle comme un linge : « c'est un miracle qu'aucun d'entre vous n'ait été blessé », « désormais, vous ne prendrez plus que la Land Rover ».

Ce qui a rendu le sourire à Stone. La Land Rover

était bien plus spacieuse. Il s'imaginait sans doute qu'il serait plus facile de convaincre Debbie Mancuso de s'allonger dans la Land Rover.

— Je n'arrive pas à comprendre, a lancé ma mère, plus tard.

Le personnel hospitalier avait accepté de nous libérer après nous avoir auscultés et passés aux rayons X. Nous étions assis dans la salle de restaurant du Roi de la Pizza, l'employeur de Dormeur, qui se trouvait également être l'un des rares endroits de Carmel à disposer d'une table pour six – sept en comptant Gina – sans réservation. De l'extérieur, nous devions donner l'apparence d'une grande famille heureuse qui fêtait quelque chose comme une victoire à un match de foot.

Mais nous, nous savions que nous fêtions le fait d'être encore en vie.

— C'est un vrai miracle qu'aucun d'entre vous n'ait été grièvement blessé, a poursuivi ma mère. Les médecins sont de mon avis.

Doc a brandi son coude, qu'il avait écorché sur un bris de verre en s'extrayant de la voiture.

— Cette blessure pourrait s'avérer bien plus dangereuse si elle s'infectait, a-t-il dit d'une voix de petit garçon chagrin.

— Oh, trésor, je sais. Tu as été très courageux quand ils t'ont posé ces points.

Elle lui a caressé la tête. Et nous avons levé les yeux

au ciel. Doc jouait la comédie du grand blessé depuis le début de la soirée. Mais ça faisait plaisir à ma mère. Elle avait essayé de me passer une main dans les cheveux et j'avais failli me décrocher le bras pour l'en empêcher.

— Ce n'est pas un miracle, a dit Andy en secouant la tête, mais une chance, tout simplement, que vous n'ayez pas tous péri dans cet accident.

— La chance n'a rien à voir là-dedans, a dit Dormeur. C'est parce que je suis un conducteur hors pair que nous avons été sauvés.

Même si ça me faisait mal de le reconnaître, il avait raison. (Où avait-il appris une expression comme « hors pair » ?) À l'exception de notre atterrissage dans la vitrine, il avait conduit le bolide – sans freins – comme un vrai coureur de Formule 1. Ce qui expliquait sans doute pourquoi Gina refusait de lâcher son bras et le regardait avec vénération.

Par égard pour mon admiration récente vis-à-vis de Dormeur, je n'ai pas cherché à savoir ce qu'il fricotait avec Gina à l'arrière de la Land Rover sur le chemin de la maison.

Stone, lui, ne s'est pas gêné. Et le spectacle qu'il a découvert l'a mis dans une humeur exécrable. Je l'avais rarement vu de si mauvais poil.

Une fois dans sa chambre, il s'est déchaîné sur Marilyn Manson, ce qui n'a fait que taper sur le système de son père. Andy est passé de la reconnaissance de n'avoir pas perdu ses « garçons... et toi, Suze... oh, et Gina, aussi » à la fureur dévastatrice en entendant « ce poison nocif pour l'esprit ».

Le bruit en provenance de la chaîne de Stone ne me dérangeait pas. Il empêcherait qui que ce soit de surprendre la conversation que j'allais avoir avec Jesse. Et qui risquait bien d'être déplaisante.

— Jesse ! l'ai-je appelé en allumant les lumières pour le chercher.

Mais il était introuvable, tout comme Paillasson.

— Jesse, où es-tu ? J'ai besoin de toi.

Les fantômes ne sont pas des chiens. Ils ne rappliquent pas quand on les appelle. En tout cas, pas d'habitude. Dernièrement, pourtant – et c'était une chose dont je n'avais pas pris la peine de discuter avec le père Dom, parce que c'était sacrément zarbi si vous voulez mon avis –, il me suffisait de penser à eux pour que les fantômes surgissent. Vrai de vrai. Il me suffisait d'imaginer mon père par exemple, et pouf ! il apparaissait.

Inutile de préciser que c'était parfaitement embarrassant quand, par hasard, mon esprit vagabondait sous la douche...

Je me demandais régulièrement si mes pouvoirs de mediator s'amplifiaient avec l'âge. Mais, si c'était le cas, alors le père Dom serait un bien meilleur élément que moi.

Or il ne l'était pas. Différent, oui. Mais pas meilleur.

Il ne pouvait pas convoquer un esprit par une simple pensée.

Du moins à ma connaissance.

Quoi qu'il en soit, Jesse s'est donc matérialisé. Il m'a détaillée des pieds à la tête comme si j'avais oublié d'enlever mon costume en quittant le tournage de *Hellraiser*. Je tiens à préciser que je n'étais pas aussi mal coiffée que l'héroïne.

— *Nombre de Dios*, Susannah. Qu'est-ce qui t'est arrivé ?

Il avait pâli – enfin, pour un type déjà mort, c'est moins flagrant, mais quand même.

J'ai baissé les yeux. Bon d'accord, ma chemise était sale et déchirée, et mes jambières n'étaient plus très élastiques. Mais mes cheveux étaient à peine ébouriffés.

— Comme si tu n'étais pas au courant, ai-je lâché d'un ton aigre en m'asseyant sur mon lit pour retirer mes chaussures. Je croyais que tu étais censé jouer le baby-sitter toute la journée. Jusqu'à ce que le père D. et moi réussissions à tirer les vers du nez à Michael.

— Baby-sitter ?

Jesse a froncé les sourcils pour signifier que ce mot lui était étranger.

— Je suis resté toute la journée avec les Anges, si c'est ce que tu veux dire.

— C'est ça. Alors, si je te suis, tu les as accompagnés

lors de leur petite excursion au parking de la Mission pour saboter les freins de la Rambler.

Jesse s'est assis à mes côtés. Il a plongé ses prunelles sombres dans les miennes.

— Susannah, est-ce que quelque chose est arrivé ?

— Tu vas avoir du mal à le croire.

Je lui ai raconté ce qui s'était passé, même si mes explications techniques concernant la voiture étaient un peu confuses vu mes compétences limitées en matière de mécanique et l'ignorance crasse de Jesse pour tout ce qui touche au monde de l'automobile. À son époque, les chariots et les chevaux étaient les seuls moyens de transport.

Quand j'ai eu terminé, il a hoché la tête.

— Mais, Susannah, il ne peut pas s'agir de Josh et des autres. Je te l'ai dit, j'ai passé la journée entière avec eux. Je les ai quittés à l'instant. Parce que tu m'avais appelé. Ils n'ont pas fait ce que tu racontes. C'est impossible. Je les aurais vus. Je les aurais arrêtés.

— Mais, si ce n'est pas eux, qui alors ? C'est vrai, personne d'autre ne souhaite ma mort. Du moins, en ce moment.

Les yeux de Jesse continuaient à me sonder.

— Es-tu certaine que c'est après toi qu'on en avait, Susannah ?

— Évidemment.

Ça peut paraître bizarre, mais j'étais presque vexée à l'idée qu'il y ait sur Terre quelqu'un qu'on ait plus envie de tuer que moi. Je dois reconnaître que je m'enorgueillis du nombre incroyable d'ennemis que je me suis attirés. Je considère que plus nombreux sont ceux qui souhaitent ma mort, mieux je fais mon travail de mediator.

— Je veux dire : qui d'autre à part moi ? ai-je repris en riant. Quoi ? Tu penses que quelqu'un en veut à *Doc ?*

Jesse, lui, ne riait pas du tout.

— Réfléchis, Susannah. N'y avait-il personne d'autre dans cette voiture que quelqu'un aimerait voir à l'hôpital ? Ou dans une tombe ?

J'ai plissé les paupières.

— Toi, tu sais quelque chose, ai-je lancé sèchement.

— Non, mais..., a-t-il rétorqué en secouant la tête.

— Mais quoi ? Ce que je déteste quand tu joues les mystérieux. Vas-y, balance.

— Non. Réfléchis, Susannah.

J'ai soupiré. Inutile de discuter avec lui quand il est de cette humeur. En même temps, comment lui reprocher de faire son maître Yoda face à l'apprenti Jedi que je suis ? Ses journées doivent lui paraître tellement vides...

J'ai soupiré si fort que ma frange s'est soulevée.

— D'accord. Qui pourrait en vouloir à quelqu'un d'autre que moi dans la voiture ? Voyons voir... Debbie et Kelly ont une dent contre Gina. Elles ont joué la scène de la jalousie dans les toilettes des filles tout à l'heure, avant que ça arrive. L'accident, je veux dire.

J'ai froncé les sourcils avant de reprendre.

— J'ai du mal à croire, pourtant, que ces deux-là saboteraient les freins d'une caisse pour l'éliminer. Primo, parce que je ne suis même pas sûre qu'elles sauraient comment faire. Secundo, si elles s'étaient glissées sous la voiture, il y aurait eu des dommages collatéraux. Ongles cassés, huile dans les cheveux, des trucs de ce genre. Debbie s'en ficherait sans doute, mais Kelly ? Oublie. Et puis ça implique qu'elles auraient mis en danger la vie de Stone et de Dormeur, ce qui est impossible.

— Bien entendu.

Jesse m'a répondu doucement. Et c'est justement son timbre de voix qui m'a mise sur la piste.

— Stone ? Mais qui pourrait souhaiter sa mort ? Ou celle de Dormeur ? C'est vrai, ces types sont tellement… idiots.

— L'un d'entre eux n'aurait-il pas provoqué la colère de quelqu'un ?

— Si, bien sûr… Pas Dormeur. Mais Stone, il fait toujours des trucs débiles, comme acculer les gens et les menacer…

La fin de ma phrase s'est perdue. J'ai secoué la tête avant de reprendre.

— Non. C'est impossible.

— Vraiment ?

— Tu ne comprends pas.

Je me suis mise à arpenter la pièce de long en large. Au cours de notre échange, Paillasson s'était faufilé par la fenêtre. Il était maintenant étalé aux pieds de Jesse et faisait sa toilette à coups de langue râpeuse.

— Ce que je veux dire, c'est qu'il était là. Michael était là, juste après l'accident. Il nous a aidés à sortir de la voiture. Il…

La dernière fois que j'avais vu Michael, les portes de l'ambulance se refermaient sur Gina, Stone, Dormeur, Doc et moi. Son visage était encore plus pâle que d'habitude. Il semblait inquiet.

Non.

— C'est tout simplement…

J'ai buté sur le lit de Gina avant de pivoter pour me retrouver, de nouveau, face à Jesse.

— C'est impossible, ai-je dit. Michael ne ferait jamais une chose pareille.

Jesse est parti d'un éclat de rire. Mais il n'avait rien de joyeux.

— Vraiment ? Je peux te présenter quatre personnes qui sont d'un tout autre avis.

— Mais *pourquoi* aurait-il agi de la sorte ? C'est vrai, Stone est une andouille, mais pas au point de donner des envies de *meurtre !* Sans parler de toutes les personnes innocentes qui se trouvaient en sa compagnie ! Y compris moi !

Je me suis détournée du spectacle de Paillasson débusquant la saleté incrustée entre ses coussinets.

— Michael n'a aucune envie de me voir morte ! Je suis sa seule chance d'avoir un rancard pour le bal de promo !

Jesse est resté coi. Nous sommes demeurés silencieux un moment. Et je me suis rappelé quelque chose. Quelque chose qui m'a coupé le souffle.

— Oh mon Dieu ! ai-je dit en portant une main à ma poitrine et en me laissant tomber sur le lit de Gina.

Le visage impassible de Jesse s'est soudain animé.

— Qu'est-ce qui t'arrive, Susannah ? m'a-t-il demandé d'une voix inquiète. Tu te sens mal ?

— Oh, oui, ai-je répondu, le regard perdu dans le vide. Je crois que je vais être malade. Jesse... Il m'a proposé de me raccompagner. Juste avant l'accident. Il a même insisté pour que je monte avec lui. Et, quand Dormeur a menacé de cafter à ma mère si je ne rentrais pas avec eux, j'ai bien cru qu'ils allaient en venir aux mains, tous les deux.

— Naturellement. Son... Quelle expression as-tu employée ? Ah, oui... Son rancard pour le bal de promo était en danger.

— Oh, bon sang !

Je me suis relevée pour reprendre mes cent pas.

— Bon sang, pourquoi ? Pourquoi *Stone ?* Je sais qu'il est sacrément con, mais pourquoi Michael voudrait-il le *tuer ?*

— Pour la même raison que les quatre autres, peut-être…

Je me suis arrêtée net, et j'ai lentement tourné la tête vers lui. Mais je ne le voyais pas. Pas vraiment. Je repensais à ce qu'avait dit Stone. J'avais le sentiment que ça remontait à des semaines. Mais, en réalité, c'était la veille ou l'avant-veille. Nous discutions de l'accident qui avait tué les Anges de Stevenson, et Stone avait parlé de Mark Pulsford : « On a fait la fête ensemble, le mois dernier. »

Mon sang s'est soudain figé dans mes veines. *La fête au cours de laquelle Lila Meducci était tombée dans la piscine ?*

Une seconde plus tard, sans un seul mot à Jesse, j'ouvrais en grand la porte de ma chambre. J'ai parcouru en trois enjambées la distance qui me séparait de celle de Stone et tambouriné sur le battant de toutes mes forces.

— Calmos ! a hurlé Stone. J'ai déjà baissé !

— Ça n'a rien à voir avec la musique. C'est pour autre chose. Est-ce que je peux entrer ?

Je l'ai entendu reposer ses haltères avant de grogner :

— Ouais, si tu veux.

J'ai appuyé sur la poignée.

J'aimerais prendre le temps de faire une petite remarque. Je suis déjà entrée dans la chambre de Doc. Plusieurs fois, pour être exacte, vu que je me tourne vers lui chaque fois que je sèche sur un devoir, même s'il est trois niveaux au-dessous de moi. Et j'ai déjà pénétré dans la chambre de Dormeur : il a généralement besoin qu'on le secoue le matin pour se lever et nous conduire à la Mission.

En revanche, je n'avais jamais mis un pied dans la chambre de Stone. Pour être totalement honnête, j'avais toujours espéré n'avoir aucune raison d'en franchir le seuil.

Maintenant j'en avais une, de raison. J'ai pris une profonde inspiration avant d'entrer.

La pièce était sombre. Stone avait décidé de peindre trois de ses murs en violet et le dernier en blanc, aux couleurs de l'équipe de lutte de l'Académie de la Mission. Il avait choisi un violet si foncé qu'il était presque noir. La seule tache de lumière était apportée par un poster de Michael Jordan qui enjoignait son public de « Just do it ».

Le sol était tapissé de chaussettes et de sous-vêtements sales. Il s'en dégageait une odeur âcre de transpiration et de talc pour bébé.

— Alors ? m'a lancé Stone.

Il était allongé sur un banc de musculation. Au-dessus de sa poitrine trônait une paire d'haltères. Je ne m'aventurerais pas à deviner le poids qu'il était capable de soulever, mais permettez-moi d'affirmer ceci : il n'aurait aucune difficulté à balancer Debbie Mancuso par la fenêtre en cas d'incendie. Ce qui est tout ce qu'une fille est en droit d'attendre de son petit ami, d'après moi.

— Sto…

J'ai repris une profonde inspiration. À quoi lui servait le talc pour bébé ? Attendez. Ne dites rien. Je n'ai aucune envie de le savoir.

— Brad. Est-ce que tu étais à cette fête quand Lila Meducci est tombée dans la piscine ?

Stone avait repris ses exercices d'haltérophilie. Il tenait la barre à bout de bras, offrant à ma vue ses aisselles incroyablement poilues. Le spectacle était tellement répugnant que j'ai dû me retenir pour ne pas vomir.

— De quoi tu parles ? a-t-il grogné.

— Lila Meducci.

Les haltères touchaient presque sa poitrine maintenant. Ses biceps avaient la taille de melons. Laissez-moi vous dire qu'en temps normal la vue de biceps de cette taille m'aurait émoustillée. Mais ils appartenaient à Stone, et il ne me restait qu'une chose à faire : prier pour que les morceaux de pizza que j'avais engloutis au dîner restent sagement à leur place.

— La petite sœur de Michael, ai-je précisé. Elle a failli se noyer lors d'une soirée le mois dernier. Je me demandais si c'était la fête dont tu as parlé. Celle où tu as croisé Mark Pulsford.

Les haltères sont remontés.

— C'est possible. Je sais pas. Qu'est-ce que ça peut te faire ?

— Brad. C'est important. Je veux dire, si tu étais là-bas, tu devrais t'en souvenir. Une ambulance a dû débouler.

— Peut-être bien, a-t-il soufflé entre deux mouvements. Je devais être pété.

— *Peut-être bien* qu'une fille s'est quasi noyée sous tes yeux ?

Je n'ai jamais beaucoup de patience avec Stone. Dans ce cas précis, mon irritation atteignait des sommets.

Stone a replacé les haltères à leur place avant de se redresser et de me fixer avec exaspération.

— Écoute. Si je te dis que j'étais là-bas, tu vas courir le répéter à maman et papa, exact ? Alors pourquoi je te le dirais ? C'est vrai, Suze. Pourquoi ?

En dépit de ma grande surprise de l'entendre, lui aussi, se gourer et appeler ma mère *maman*, je lui ai servi la réponse que j'avais préparée :

— Je cafterai pas. Je te le promets, Brad. Je veux juste savoir.

Il se méfiait toujours.

— Pourquoi ? Pour le balancer à ta copine, la tarée aux cheveux blancs ? Et qu'elle en parle dans le journal de l'école ? « Brad Ackerman est resté planté comme un naze alors qu'une fille risquait de mourir. » C'est ça, l'idée ?

— Je te jure que non.

Il a haussé ses épaules musclées.

— Bon. Tu sais quoi ? Je m'en fiche. Ma vie est nulle, de toute façon. Je n'ai aucune chance d'être prêt pour les prochaines compétitions, et je dois bien me faire à l'idée que ta copine Gina préfère Jake. C'est la vérité, non ?

— Aucune idée. Je crois qu'elle vous aime bien tous les deux, ai-je répondu d'un air gêné.

— C'est ça, a ricané Stone. C'est d'ailleurs pour cette raison qu'elle est dans cette chambre à l'heure qu'il est et non dans celle de Jake, pour bricoler je ne sais quoi.

— Je suis sûre qu'ils discutent, rien de plus.

— C'est ça…

J'étais estomaquée. Je ne l'avais jamais vu si… humain. Je ne savais pas qu'il avait des objectifs. De quelles compétitions parlait-il ? Et je ne savais pas qu'il s'intéressait à Gina au point de penser que sa vie était fichue parce qu'elle ne nourrissait pas des sentiments réciproques.

Zarbi. Vraiment zarbi.

— Tu veux des infos sur cette soirée ? J'étais là-bas, O.K. ? Tu es contente maintenant ? Comme je te l'ai dit, j'étais bourré. Je ne l'ai pas vue tomber. Je ne l'ai découverte qu'au moment où on la sortait de la flotte… C'était vraiment pas chouette, tu sais ? Et elle n'avait rien à foutre là. Personne ne l'avait invitée. Quand on est incapable de tenir l'alcool, on n'en prend pas, c'est simple. Les filles comme elle feraient n'importe quoi pour qu'on les remarque.

— On ?

Il m'a dévisagée comme si j'étais idiote.

— Tu sais, les gars plus à l'aise sur un terrain de foot que dans une salle de classe. Les mecs cool. La sœur de Meducci – j'ignorais que c'était elle avant que ta mère en parle l'autre soir –, elle est comme ça. Toujours dans nos pattes, dans l'espoir qu'un type de l'équipe lui proposera un rancard. Pour devenir populaire elle aussi, tu vois ?

Je voyais. Soudain, je voyais trop clair.

J'ai quitté la chambre de Stone sans lui répondre. Qu'est-ce que j'aurais pu dire de toute façon ? Je savais ce qu'il me restait à faire. Je crois que je le savais depuis le début. Simplement, je ne voulais pas l'admettre.

Comme Michael Meducci, je croyais qu'il n'y avait qu'une solution.

Et, comme Michael Meducci, il fallait que quelqu'un m'arrête. Seulement, à ce moment précis, j'étais aveuglée.

Exactement comme Michael.

17

Gina m'attendait dans la chambre. Jesse et Paillasson, eux, avaient disparu. Ce qui me convenait parfaitement.

— Salut, a-t-elle lancé en levant le nez de l'orteil qu'elle peinturlurait. T'étais où ?

Je l'ai enjambée pour atteindre mon lit. Tout en troquant mon uniforme du lycée contre un jean et une paire de baskets, je lui ai répondu :

— Dans la chambre de Stone. Tu veux bien me couvrir ? Je vais sortir un moment. Dis-leur que je prends un bain. Tu pourrais faire couler de l'eau pour que ce soit plus crédible. Raconte que j'ai toujours mal au ventre.

— Ils vont finir par s'inquiéter… Où est-ce que tu vas ? a-t-elle ajouté en me voyant enfiler un col roulé noir.

— Je sors.

J'ai attrapé le coupe-vent que je portais la nuit précédente, sur la plage. Cette fois-ci, j'ai glissé un bonnet dans ma poche avec la paire de gants.

— Ah mais oui, je suis bête. Tu sors, bien sûr.

Gina a secoué la tête, l'air préoccupé, avant d'ajouter :

— Suze, tu es sûre que tout va bien ?

— Oui, pourquoi ?

— Tu as une sorte de… lueur étrange dans le regard.

— Je vais bien. J'ai enfin compris, c'est tout.

— Compris quoi ? Suze, de quoi est-ce que tu parles ?

Gina a rebouché son flacon de vernis à ongles et s'est relevée.

— De ce qui s'est passé aujourd'hui.

J'ai enjambé le rebord de la fenêtre avant de poursuivre :

— Avec les freins. C'est Michael qui les a sabotés.

— Michael *Meducci ?* Tu es sûre ?

Gina me dévisageait comme si j'étais toc-toc.

— Sûre et certaine.

— Mais pourquoi ? Je croyais qu'il était amoureux de toi ?

— De moi, peut-être bien, ai-je dit en ouvrant la fenêtre d'un coup d'épaule. Mais il a une sacrée dent contre Brad.

— Brad ? Qu'est-ce que Brad a bien pu faire à Michael Meducci ?

— Rien, justement. Alors que sa petite sœur se noyait. Enfin presque. Je file, d'accord ? Je t'expliquerai tout à mon retour.

Je me suis laissée glisser sur le toit de la véranda. La nuit était froide et silencieuse, à l'exception du chant des criquets et du bruit lointain des vagues s'échouant sur la plage… À moins qu'il ne s'agisse de la circulation sur la route principale… Je n'en aurais pas mis ma main à couper. Après avoir patienté une minute, le temps de m'assurer que personne ne m'avait entendue en bas, je suis descendue le long du toit. Je me suis accroupie au bord, prête à sauter : les aiguilles de pin amortiraient l'atterrissage.

— Suze !

J'ai jeté un coup d'œil par-dessus mon épaule. Une ombre se détachait sur la baie vitrée de ma chambre. Gina s'était penchée pour me suivre du regard.

— Est-ce qu'on ne devrait pas… (Elle semblait paniquée.) Je veux dire, est-ce qu'on ne devrait pas appeler la police ? Si ce que tu racontes au sujet de Michael est vrai…

Je l'ai regardée comme si elle venait de me suggérer… de sauter du sommet d'un building.

— La *police ?* Pas question. C'est entre Michael et moi.

— Suze… je suis sérieuse. Ce type est un assassin.

Je crois vraiment que nous devons faire appel à des professionnels…

Elle secouait la tête, si bien que ses tresses sautillaient.

— Je suis une pro, ai-je rétorqué, blessée. Je suis mediator, tu l'as oublié ?

Gina ne semblait pas rassurée par cette information.

— D'accord, mais… qu'est-ce que tu comptes *faire*, Suze ?

Je lui ai souri.

— Oh, c'est simple. Je vais lui apprendre ce qu'il arrive quand on essaie de tuer ceux qui me sont chers.

Et j'ai sauté dans le noir.

Impossible de me résoudre à prendre la Land Rover. J'étais prête à commettre un acte qui s'apparentait pour ainsi dire à un meurtre, mais conduire sans permis ? Jamais de la vie ! J'ai agrippé l'un des vélos qu'Andy alignait le long du mur du garage. Quelques secondes plus tard, je dévalais la pente devant notre maison, les yeux brûlant de larmes. Pas parce que je pleurais, mais parce que le vent glacial me fouettait le visage.

J'ai appelé Michael depuis une cabine devant le supermarché. C'est une femme – sa mère, je suppose –, qui a décroché. Je lui ai demandé à parler à Michael. « Oui, bien sûr », a-t-elle répondu d'une voix où pointait la joie maternelle de recevoir le premier coup de fil d'un membre du sexe opposé pour son fils. J'en sais quelque chose. Ma mère a cette voix chaque fois qu'un garçon téléphone. Difficile de lui en vouloir. Ça arrive tellement rarement.

Mme Meducci avait dû prévenir Michael qu'il y avait une fille au bout du fil : il a dit bonsoir d'une voix bien plus grave que d'habitude.

— Michael ? ai-je demandé pour m'assurer qu'il s'agissait bien de lui et non de son père.

— Suze ? a-t-il répondu de sa voix normale. Oh mon Dieu, Suze, je suis tellement content que ce soit toi. Tu as eu mon message ? J'ai dû appeler dix fois. J'ai suivi l'ambulance jusqu'à l'hôpital, mais ils n'ont pas voulu me laisser entrer aux urgences pour te voir. Ils n'autorisent les visites qu'en cas d'admission pour des examens plus approfondis. Mais ce n'est pas ce qui s'est passé, n'est-ce pas ?

— Non. Je me porte comme un charme.

— Dieu soit loué. Oh, Suze, tu ne peux pas savoir comme j'ai eu peur quand j'ai entendu l'accident et que j'ai compris que c'était toi…

— Ouais, l'ai-je interrompu, c'était flippant. Écoute, Michael, ça n'a rien à voir, mais je suis dans la panade, et… est-ce que tu pourrais m'aider ?

— Tu sais bien que je ferais n'importe quoi pour toi, Suze.

Ben voyons. Comme tenter de tuer mes demi-frères et ma meilleure amie.

— Je suis en rade. Au supermarché. C'est une longue histoire. Tu crois que tu pourrais…

— J'arrive dans trois minutes, a-t-il dit avant de raccrocher.

Il lui en a fallu deux. J'ai à peine eu le temps de planquer le vélo entre deux bennes à ordures à l'arrière du magasin. Je l'ai vu garer sa berline verte et me chercher du regard derrière les vitrines éclairées du supermarché, comme s'il s'attendait à me trouver sur le cheval mécanique. Je rêve ! Je me suis approchée de la voiture et j'ai cogné à la vitre du côté passager.

Michael a sursauté et s'est retourné d'un coup. Quand il m'a aperçue, son visage – plus livide que jamais sous l'éclairage des néons – s'est détendu. Il s'est penché pour m'ouvrir.

— Grimpe, a-t-il lancé joyeusement. Mince, tu ne peux pas savoir comme je suis content que tu sois entière.

— Ah oui ?

Je me suis glissée sur le siège et j'ai refermé la portière.

— Eh bien, moi aussi je suis heureuse. D'être entière, s'entend. Ha ha ha.

— Ha ha ha !

Le rire de Michael n'avait rien de sarcastique, contrairement au mien. Non, le sien était nerveux. En tout cas, c'est l'impression qu'il m'a donnée.

— Alors ? Tu veux que je te ramène… euh… chez toi ?

Le moteur tournait toujours.

— Non.

Vous vous demandez sans doute ce qui se passait dans ma tête ? C'est vrai, à quoi songe une personne sur le point de commettre un acte qui entraînera la mort d'une autre ?

Je vais vous le dire. À pas grand-chose. Je me faisais la réflexion que la voiture de Michael sentait bizarre. Je me demandais si la dernière personne qui l'avait louée y avait renversé de l'eau de Cologne ou un truc dans le genre.

Puis je me suis rendu compte que l'odeur provenait de Michael. Il s'était parfumé avant de me rejoindre. Drôlement flatteur.

— J'ai une idée, ai-je dit comme si elle venait juste de surgir. Allons au Belvédère.

Les mains de Michael ont glissé du volant. Il s'est empressé de les replacer à dix heures dix, en bon conducteur qu'il était.

— Je te demande pardon ?

— Le Belvédère.

Je n'étais peut-être pas assez aguichante. Je me suis donc penchée pour poser une main sur son bras. Sous mes doigts, sa veste en daim était très douce, et, sous le daim, le biceps était aussi ferme et volumineux que celui de Stone.

— Tu sais. Pour la vue. C'est une nuit magnifique.

Il n'en a pas fallu plus pour le décider. Il a appuyé sur l'accélérateur, et nous avons quitté le parking avant que j'aie le temps de retirer ma main.

— Super.

Sa voix tremblait légèrement. Il s'est éclairci la gorge et a lancé, avec davantage de fermeté :

— Je veux dire, c'est une bonne idée.

Quelques secondes plus tard, nous nous engagions sur la route de la côte. Il était à peine dix heures, mais il n'y avait presque pas d'autres voitures. Après tout, nous étions en pleine semaine. Est-ce que la mère de Michael lui avait demandé d'être de retour avant une certaine heure ? Et, s'il ne rentrait pas à temps, se ferait-elle du souci ? Attendrait-elle longtemps avant d'appeler la police ? Les urgences ?

— Alors, personne n'a été blessé ? m'a interrogée Michael tout en conduisant. Dans l'accident ?

— Non. Personne.

— Tant mieux.

— Vraiment ?

Je faisais semblant de regarder par la vitre du côté passager. En réalité, j'observais le reflet de Michael.

— Qu'est-ce que tu veux dire ? a-t-il réagi vivement.

J'ai haussé les épaules.

— Je ne sais pas. C'est juste que… tu vois. Brad.

— Oh. Ouais, Brad.

Il a émis un petit gloussement nerveux.

— J'essaie de le supporter, sincèrement. Mais c'est difficile. Il est si con, parfois.

— Je m'en doute.

Ne te mouille pas, surtout ! Je me suis tournée pour lui faire face.

— Tu ne sais pas ce qu'il a raconté ce soir ? ai-je demandé sans attendre de réponse. Il m'a avoué qu'il était à cette fête. Celle au cours de laquelle ta sœur est tombée. Dans la piscine.

Michael a serré le volant.

— Ah bon ?

— Ouais. Et il fallait l'entendre…

Son profil s'est crispé.

— Qu'est-ce qu'il a dit ?

Je jouais avec la ceinture de sécurité.

— Je ne devrais pas te le répéter.

— Je t'en prie. J'aimerais savoir.

— C'est si méchant…

— Répète-le-moi.

La voix de Michael était incroyablement calme.

— Mais… Bon d'accord. En gros, il a dit – ce n'était pas aussi clair que ça, vu qu'il est totalement incapable de prononcer des phrases entières –, donc il a dit que ta sœur n'a eu que ce qu'elle méritait parce qu'elle n'aurait jamais dû se trouver à cette fête. Qu'elle n'avait pas été invitée. Que seuls les gens cool avaient leur place à cet endroit. Je n'en reviens pas qu'il ait pu balancer un truc pareil !

Michael a doublé un camion.

— Moi, a-t-il répondu placidement, ça ne m'étonne pas du tout.

— Les gens cool. C'est l'expression qu'il a employée. Les gens cool. Comment il les définit, hein ? C'est ce que j'aimerais savoir. C'est vrai, ta sœur n'était pas cool. Pourquoi ? Parce qu'elle n'était pas cheerleader ? Parce qu'elle ne portait pas les bons vêtements ? Pourquoi ?

— Pour toutes ces raisons en effet, a répondu Michael de la même voix uniforme.

— Comme si ça comptait. Comme si être intelligent, sensible et gentil n'avait aucune valeur. Comme si tout ce qui importait, c'était d'avoir les bons amis.

— Malheureusement, ça fonctionne souvent comme ça, semble-t-il.

— Eh bien, je trouve ça débile. Et c'est ce que j'ai rétorqué à Brad : « Vous êtes tous restés plantés là alors que cette fille manquait de se noyer, sous prétexte qu'elle n'avait jamais été invitée à la soirée ? » Il a démenti, évidemment. Mais on sait bien que c'est la vérité.

— Oui.

Nous longions Big Sur maintenant. La route était de plus en plus étroite et de plus en plus sombre.

— Si ma sœur avait été… Kelly Prescott, par exemple, on l'aurait sauvée tout de suite au lieu de se moquer d'elle pendant qu'elle se débattait dans l'eau.

J'avais du mal à voir son expression tant la nuit était profonde. La seule lumière qui éclairait son visage provenait du tableau de bord.

— C'est ce qui s'est produit ? C'est ce qu'ils ont fait ? Se moquer d'elle pendant qu'elle se noyait ?

Il a acquiescé.

— C'est ce que l'un des secouristes a raconté à la police. Ils ont cru qu'elle faisait semblant. (Il a émis un ricanement à vous glacer les sangs.) Ma sœur... c'est tout ce dont elle rêvait, tu sais ? Devenir populaire. Comme eux. Et ils sont restés les bras croisés. À se bidonner pendant qu'elle buvait la tasse.

— Apparemment, tout le monde était ivre mort.

Y compris ta sœur, ai-je ajouté tout bas.

— Ce n'est pas une raison. La fille qui organisait la soirée, enfin plutôt ses parents ont eu une amende. C'est tout. Ma sœur ne se réveillera peut-être jamais, et ils ont seulement dû faire un chèque.

Nous atteignions le virage précédant le Belvédère. Michael a klaxonné avant de s'y engager. Il n'y avait personne en face. Il s'est garé sans couper le contact. Il est resté immobile, le regard perdu dans l'immensité couleur d'encre.

C'est moi qui ai arrêté le moteur. La lumière du tableau de bord s'est éteinte une seconde plus tard, nous plongeant dans le noir le plus total.

— Bon…, ai-je lancé.

Le silence dans la voiture était assourdissant. Il n'y avait pas d'autres voitures sur la route derrière nous. Si j'ouvrais ma fenêtre, les bruits du vent et des vagues s'engouffreraient dans l'habitacle. Je ne l'ai pas fait.

Progressivement, l'obscurité à l'extérieur de la voiture est devenue moins pesante. Une fois mes yeux habitués, j'ai même réussi à distinguer la ligne d'horizon qui séparait un ciel noir d'une mer encore plus noire.

Michael a tourné la tête.

— C'était Carrie Whitman. La fille qui organisait la soirée.

J'ai opiné sans quitter l'horizon des yeux.

— Je sais.

— Carrie Whitman. Carrie Whitman était dans cette voiture. Celle qui est tombée de la falaise samedi dernier.

— Tu veux dire la voiture que tu as fait basculer samedi dernier, ai-je dit d'une voix douce.

Michael n'a pas bronché. Je l'ai dévisagé, mais son expression demeurait indéchiffrable. En revanche, la résignation s'entendait dans sa voix.

— Tu es au courant, a-t-il dit. (C'était un constat, pas une question.) Je m'en doutais.

— Depuis cet après-midi, tu veux dire ? (J'ai détaché ma ceinture.) Depuis que tu as failli me tuer ?

— Je suis désolé.

Il a baissé la tête et j'ai enfin pu voir ses yeux. Ils étaient remplis de larmes.

— Suze, j'ignore comment je…

— Il n'y avait pas de conférence sur les extraterrestres samedi dernier, hein ? Tu es venu ici, tu as dévissé les rivets du rail de sécurité, et puis tu les as attendus. Tu savais qu'ils viendraient ici après le bal. Tu savais qu'ils viendraient et tu les as attendus. Et, quand tu as entendu ce klaxon débile, tu les as percutés. Tu les as poussés dans le vide. Et tu l'as fait de sang-froid.

À cet instant, Michael a eu un geste des plus surprenants. Il a caressé la mèche de cheveux qui dépassait de mon bonnet en laine.

— J'étais certain que tu comprendrais. Dès que je t'ai vue, j'ai su que tu serais la seule à comprendre.

J'avais envie de vomir. Sérieusement. Il ne pigeait rien. Il ne pigeait rien du tout. Avait-il pensé, ne serait-ce qu'une seconde, à sa mère ? Sa pauvre mère qui se réjouissait qu'une fille appelle son fils ? Sa mère qui avait déjà un enfant à l'hôpital ? Il ne s'était donc jamais demandé ce qu'elle ressentirait en découvrant que son fils était un assassin ? Il ne s'était *jamais* posé la question ?

Peut-être que si. Peut-être qu'il se l'était posée et qu'il avait conclu qu'elle serait heureuse. Parce qu'il avait vengé sa sœur. Enfin, presque. Il restait encore Brad… et tous les autres invités de la soirée, j'imagine. C'est vrai, pourquoi s'arrêter là ? Je me suis demandé comment il avait obtenu la liste des invités et s'il avait l'intention de tous les tuer ou d'en choisir quelques-uns.

— Comment as-tu découvert pour le rail de sécurité ? Et leur klaxon ? Ce n'était pas dans les journaux.

Il espérait sans doute que sa voix était apaisante. Mais elle me donnait envie de vomir.

— Comment ? Ils me l'ont dit.

J'ai détourné la tête pour qu'il arrête de me tripoter les cheveux. Il a semblé un peu vexé.

— *Ils* te l'ont dit. Qui ça, ils ?

— Carrie. Et Josh, et Felicia, et Mark. Les personnes que tu as tuées.

Son regard est passé de l'incrédulité à la surprise puis au cynisme en l'espace de quelques secondes.

— Oh, a-t-il lancé avec un petit rire, c'est vrai. Les fantômes. Tu as déjà essayé de me mettre en garde contre eux, n'est-ce pas ? Ici même, d'ailleurs.

— Marre-toi autant que tu veux, Michael. La vérité, c'est qu'ils rêvent de te tuer depuis un petit moment maintenant. Et après la cascade que tu nous as imposée tout à l'heure, j'envisage sérieusement de les laisser mener leur projet à bien.

Son rire s'est éteint.

— Suze, ton étrange obsession pour le monde des esprits mise à part, je te le répète : c'était un accident aujourd'hui. Tu n'étais pas censée te trouver dans cette voiture. Tu étais censée rentrer avec moi. C'est Brad qui était visé. C'est Brad que je voulais tuer, pas toi.

— Et David, alors ? Mon petit frère ? Il a douze ans, Michael. Il était dans la Rambler. Tu voulais le tuer, lui aussi ? Et Jake ? Il était probablement en train de livrer des pizzas la nuit de l'accident de ta sœur. Est-ce qu'il doit mourir parce qu'elle a failli se noyer ? Et Gina ? J'imagine qu'elle aussi elle mérite la mort, même si elle n'a jamais assisté à aucune soirée ici.

— Je n'avais l'intention de blesser personne, a-t-il rétorqué d'une voix étonnamment calme. Sauf les coupables, bien sûr.

— Eh bien, on ne peut pas dire que tu aies fait du bon boulot. Tu as même sacrément merdé. Et tu sais pourquoi ?

Ses yeux se sont réduits à deux fentes derrière ses lunettes.

— Je crois que je commence à comprendre…

— Parce que tu as tenté de tuer des personnes auxquelles je tiens.

J'ai dégluti. Quelque chose de dur, de douloureux, poussait dans ma gorge.

— C'est la raison pour laquelle, Michael, ça va s'arrêter. Ici. Maintenant.

Il me fixait toujours de ses yeux rétrécis.

— Bien sûr que ça va s'arrêter. Oh oui. Tu peux me croire.

Je savais parfaitement où il voulait en venir. J'ai failli éclater de rire. Je l'aurais fait sans cette boule douloureuse dans la gorge. Je l'aurais fait.

— Michael… Même pas en rêve. Tu ne réalises pas qui tu as en face de toi.

— Non, apparemment pas. Je te croyais différente. J'étais persuadé que tu serais capable de voir les choses de mon point de vue. Mais je me rends compte que tu es comme les autres.

— Si tu savais comme j'aimerais que ce soit le cas… Tu n'as pas idée.

— Je suis désolé, Suze, a-t-il repris en détachant sa ceinture. J'ai vraiment pensé que toi et moi nous pourrions être… des amis au moins. Mais j'ai le sentiment que tu n'approuves pas mes agissements. Alors que personne – *personne* – ne regrettera ces gens. Ils gaspillaient de l'oxygène, Suze. Ils n'apportaient rien. C'est vrai, prends Brad. Est-ce que ce serait une tragédie s'il disparaissait ?

— Bien sûr que oui, pour son père.

Michael a haussé les épaules.

— Sans doute, en effet. Malgré tout, je continue à penser que le monde se porterait mieux sans les Josh Saunders et les Brad Ackerman.

Il m'a souri. Il n'y avait rien de chaleureux dans ce sourire.

— Tu n'es pas de mon avis, je le vois bien. J'ai même l'impression que tu caresses l'idée de me mettre hors d'état de nuire. Ce que je ne peux vraiment pas me permettre.

— Ah oui, et qu'est-ce que tu proposes ? Tu vas me tuer ?

— Ça ne me fait pas plaisir, crois-moi.

Et il a fait craquer ses articulations. J'ai trouvé ça carrément flippant. Je veux dire, non seulement ce geste est déplacé en public, mais il a attiré mon attention sur la taille particulièrement impressionnante des mains de Michael. Qui étaient elles-mêmes rattachées à des bras particulièrement musclés, comme j'avais pu le constater sur la plage. Je ne suis pas ce qu'on appelle une petite chose, mais des mains et des bras de cette force pouvaient faire de sacrés dégâts sur une fille comme moi.

— Tu ne me laisses pas vraiment le choix, Suze…

C'était la faute de la victime, évidemment. Et puis quoi encore ?

Je ne sais pas si j'ai prononcé ces mots à voix haute ou non. Mais, une seconde après que j'eus dit (ou pensé) : « Voici le moment idéal pour que Josh et ses potes débarquent », Josh, Carrie, Mark et Felicia se sont matérialisés sur le gravier, du côté passager de la voiture.

Ils sont restés immobiles un moment, comme pour prendre la mesure de la situation. Puis ils ont fixé du regard le garçon derrière le volant.

Et l'enfer s'est déchaîné.

18

Avais-je souhaité les événements qui ont suivi ?

Je ne sais pas. Il y a certainement eu un moment dans la chambre de Stone où j'ai été prise de rage. C'est elle, et non le vélo, qui m'a donné des ailes jusqu'au supermarché. C'est toujours elle qui m'a poussée à glisser une pièce de monnaie dans le téléphone public pour appeler Michael.

Une partie de ma colère, pourtant, s'était dissipée quand j'avais entendu la mère de Michael. Oui, c'était un assassin. Oui, il avait essayé de nous tuer, moi et nombre de personnes qui m'étaient chères.

Mais il avait une mère. Une mère qui l'aimait suffisamment pour être tout excitée en découvrant qu'une fille appelait son fils, peut-être pour la première fois de sa vie.

Malgré tout, j'étais montée dans sa voiture. Je lui avais suggéré de nous conduire au Belvédère, et je savais ce qui l'y attendait. J'avais réussi à lui soutirer des aveux. Sur tout.

Et puis je les avais appelés. Aucun doute là-dessus : j'avais appelé les Anges de Stevenson. Quand ils se sont pointés, je me suis contentée de sortir calmement de la caisse.

Vous avez bien lu. Je leur ai laissé le champ libre. Pour faire ce qu'ils rêvaient de faire depuis un moment… depuis la nuit de leur mort, pour être précise.

Je ne suis pas fière de moi, d'accord. Et je ne peux pas non plus dire que le spectacle qui a suivi m'a apporté un quelconque réconfort. La ceinture de sécurité, que Michael venait de détacher, s'enroulant subitement autour de son cou, son siège ajustable s'avançant violemment, écrasant ses jambes contre le volant… Je ne me suis pas sentie bien face à ce spectacle.

Les Anges, en revanche, prenaient un pied d'enfer.

Ils avaient fait de sacrés progrès. Leurs pouvoirs s'étaient accrus de façon incroyable. C'en était fini des algues tressées et des décorations de mardi gras. Leurs pouvoirs conjugués étaient suffisamment puissants pour déclencher à distance les phares et les essuie-glaces. À travers les vitres toujours closes, j'ai entendu la radio se mettre à hurler. Britney Spears pleurait son dernier chagrin d'amour, tandis que Michael s'accrochait désespérément à la ceinture qui l'étranglait. La voiture s'était mise à bouger et à s'illuminer de l'intérieur, comme éclairée par des halogènes puissants.

Et pendant tout ce temps-là, dans un silence sinistre, les Anges de Stevenson étaient restés immobiles, les mains tendues vers la voiture et le regard fixé sur Michael. Même pour des fantômes, ils étaient particulièrement lugubres, avec leurs tenues de soirée et leur halo lumineux. J'ai frissonné, et ce n'était pas dû au vent frais montant de l'océan.

Je vais être honnête, c'est Britney qui m'a ramenée à la raison. C'est une chose de l'apprécier, mais passer l'arme à gauche avec ça dans les oreilles ? Soudain, ça m'a paru un peu sévère.

Il y avait aussi la pauvre Mme Meducci. Elle avait déjà perdu un enfant – enfin quasiment. Alors est-ce que je pouvais rester plantée là et la laisser en perdre un autre ?

Quelques minutes – voire quelques secondes – plus tôt, la réponse à cette question aurait été : oui. Pourtant, une fois confrontée à la réalité de la situation, j'ai trouvé ça impossible. Tout bonnement impossible. En dépit de ce que Michael avait fait. Il y avait trop d'années de médiation derrière moi. Bien trop d'années. Et de morts. Je ne pouvais pas rester les bras croisés à en regarder une autre.

Le visage de Michael était déformé et violet, ses lunettes de travers, quand j'ai enfin hurlé : « Arrêtez ! »

Aussitôt, la voiture s'est immobilisée. Les essuie-glaces se sont arrêtés. Britney a été coupée au milieu d'un refrain. Le siège de Michael a lentement reculé ; la ceinture de sécurité a relâché son étreinte, lui permettant d'aspirer une goulée d'air. Il s'est affalé dans son siège, l'air terrorisé. Sa poitrine se soulevait par saccades.

Josh a cligné des yeux comme s'il se réveillait d'une séance d'hypnose.

— Qu'est-ce qui se passe ? a-t-il demandé d'un ton où perçait l'agacement.

— Je suis désolée, mais je ne peux pas vous laisser faire.

Josh a échangé un regard avec les autres. Mark a été le premier à briser le silence.

— C'est ça, a-t-il lâché avec un petit rire.

Puis la radio s'est remise à hurler et la voiture à trembler.

Ma réaction a été rapide et résolue : j'ai planté mon poing dans le bide de Mark Pulsford. Ça a troublé la concentration des Anges suffisamment pour permettre à Michael de se glisser hors de la voiture avant qu'un autre objet l'entrave. Il s'est écroulé sur le gravier en gémissant.

Mark, quant à lui, s'est remis de mon attaque bien trop vite.

— Sale pute. Qu'est-ce qui te prend ?

Il avait l'air légèrement énervé.

— Ouais, a repris Josh, tout aussi furax. D'abord tu

nous dis qu'on ne peut pas le tuer. Puis tu dis qu'on peut. Et puis qu'on ne peut pas. Tu sais quoi ? On en a ras le bol de ces conneries de médiation. On va lui faire la peau, un point c'est tout.

La voiture s'est alors mise à trembler si fort qu'on aurait cru qu'elle allait se retourner et atterrir sur Michael.

— Non ! ai-je hurlé. Je me suis trompée, entendu ? Je veux dire, il a essayé de me tuer, aussi, et, je dois le reconnaître, j'ai un peu pété les plombs. Mais croyez-moi, ce n'est pas la meilleure façon…

— Parle pour toi, a conclu Josh.

Une seconde plus tard, j'étais propulsée en arrière par une déflagration si forte que j'ai pensé que la voiture de Michael avait explosé.

Ce n'est qu'après avoir atterri à l'autre bout du parking que j'ai compris qu'il ne s'agissait absolument pas d'une explosion. C'était l'union de leurs pouvoirs qui m'avait emportée, balayée aussi facilement qu'une fourmi d'une table de pique-nique.

C'est à ce moment-là que j'ai compris que j'étais dans une sacrée mouise. J'avais réveillé le monstre. Quatre, plus exactement.

J'essayais de me remettre sur pied lorsque Jesse s'est matérialisé derrière moi. Il semblait en pétard. Au moins autant que Josh.

— *Nombre de Dios*, a-t-il soufflé en mesurant l'ampleur des dégâts. Que se passe-t-il ? a-t-il ajouté en se tournant vers moi et en me tendant une main secourable. J'ai tourné le dos une seconde, et ils avaient disparu. Tu les as appelés ?

Je me suis appuyée sur sa main pour me relever, tout en tressaillant – pas à cause de la douleur.

— Oui, ai-je reconnu en m'époussetant. Mais je n'ai pas… je ne voulais pas ça.

Jesse observait Michael : il tentait de s'éloigner en rampant de sa voiture qui tournoyait sur elle-même.

— *Nombre de Dios*, Susannah, a répété Jesse sans y croire. À quoi t'attendais-tu exactement ? Tu l'as amené ici ? Ici ! Et tu leur demandes de ne pas le tuer ?

Tout en secouant la tête, Jesse s'est dirigé vers les Anges.

— Tu ne comprends pas, ai-je protesté en courant derrière lui. Il a tenté de me tuer. Et Doc. Et Gina. Et Stone. Et…

— Et ça justifie ta réaction ? Susannah, tu n'as pas encore compris que tu n'étais pas une meurtrière ? Cesse de te conduire comme si c'était le cas. Tu seras la seule à en payer le prix.

J'ai été si déconcertée par la teinte de reproche dans sa voix que mes yeux se sont remplis de larmes. Je suis sérieuse. De vraies larmes. J'étais furieuse. C'est ce que je me suis dit. Que je pleurais parce que j'étais en colère contre lui. Pas parce qu'il m'avait blessée, non. Pas du tout.

Jesse n'en a rien vu. Il s'était détourné de moi pour fondre sur les Anges. Il ne lui a pas fallu plus d'une seconde pour immobiliser la voiture et les essuie-glaces, éteindre la radio et les phares. Les Anges étaient peut-être forts, mais Jesse était mort depuis bien plus longtemps qu'eux.

— Retournez à la plage, leur a-t-il dit.

Josh a éclaté de rire.

— Tu te fous de nous ?

— Absolument pas.

— Hors de question, a rétorqué Mark.

— C'est vrai, a renchéri Carrie en me montrant du doigt. C'est *elle* qui nous a appelés. C'est *elle* qui a dit qu'on pouvait le faire.

Jesse n'a pas pris la peine de se tourner vers moi.

— Et maintenant, elle dit que ce n'est plus le cas, les a informés Jesse. Vous allez l'écouter.

— Pourquoi est-ce que vous ne voulez pas comprendre ? a crié Josh, dont les yeux lançaient à nouveau des éclairs. Il nous a tués. *Tués.*

— Et il sera puni, a répliqué Jesse d'une voix égale. Mais pas par vous.

— Par qui, alors ? a demandé Josh.

— Par la loi, a répondu Jesse.

— C'est des *conneries !* a éclaté Josh. Des conneries, mon pote. On l'a attendue toute la sainte journée, la *loi !* Le vioque nous l'avait promis, mais je ne vois aucun flic pour emmener ce type. Tu en vois, toi ?

Non, et ils ne viendront pas. Alors on va lui donner une leçon à *notre* façon.

Jesse a secoué la tête. Ce qui était risqué face à quatre fantômes incontrôlables. Et pourtant, il l'a fait.

Je me suis rapprochée de Jesse en voyant les Anges de Stevenson se mettre à trembler de rage. Je me suis hissée sur la pointe des pieds pour chuchoter à son oreille :

— Je prends les filles. Toi, les garçons.

— Non.

Son visage était dur.

— Va-t'en, Susannah. Je m'occupe d'eux. Arrête la première voiture qui passe. Et va te mettre à l'abri.

C'est ça.

— Et je te laisse tout seul avec eux ? T'es cinglé, ou quoi ?

— Susannah, tu ne veux pas comprendre. Ils te tueront…

J'ai ri. Vraiment ri. Toute ma colère s'était envolée.

Il avait raison. Je ne voulais pas comprendre.

— Qu'ils essaient un peu, ai-je dit.

C'est le moment qu'ils ont choisi pour se jeter sur nous.

Ils avaient sans doute établi une stratégie similaire à celle que j'avais tenté de faire accepter à Jesse, car les filles se sont ruées sur moi, et les garçons sur lui. Je n'ai pas été désarçonnée. C'est vrai que deux contre un ce n'est pas très juste, mais, mis à part cette histoire de pouvoirs cinétiques, ça nous mettait plutôt à égalité. Carrie et Felicia n'avaient pas l'habitude de se battre – j'en ai eu la confirmation aux tout premiers instants de leur attaque : elles ne savaient absolument pas se servir de leurs poings.

Mais je n'avais pas pris en compte un élément : ces filles – et leurs petits copains – étaient très très en colère.

En y réfléchissant bien, ils avaient leurs raisons. D'accord, c'étaient peut-être des merdeux de leur vivant – en tout cas, certainement pas le genre de péteux avec qui j'aurais pris plaisir à traîner –, mais ils étaient jeunes, et ils auraient pu changer. Sans devenir les personnes les plus réfléchies de la Terre, ils auraient néanmoins eu une chance de progresser.

Michael Meducci les en avait empêchés.

J'imagine qu'on pourrait rétorquer que leur attitude à eux aussi prêtait le flanc à la critique. À cause de leur négligence, Lila Meducci était à l'hôpital.

Pourtant, ça ne les effleurait pas une seconde. De leur point de vue, ils avaient été floués. Et quelqu'un devait payer. À savoir Michael Meducci.

Je n'ai jamais été aussi en colère que ces fantômes, je crois. C'était hallucinant. Bien sûr, je me suis déjà énervée. Mais jamais autant. Jamais aussi longtemps.

Je n'ai même pas vu venir le premier vrai coup. Il m'a percutée comme le poids lourd avait percuté la Rambler. Ma lèvre a éclaté. Le sang s'est mis à couler sur mon visage. Et à éclabousser leurs robes de soirée.

Elles ne s'en sont même pas rendu compte. Elles ont continué à frapper.

Je ne voudrais pas que vous pensiez que je n'ai pas répliqué. Je l'ai fait. Et je me suis bien défendue. Très bien.

Pas assez, malheureusement. J'ai été forcée de réviser ma théorie du deux contre un. Ce n'était *pas* juste. Felicia Bruce et Carrie Whitman me battaient à plate couture.

Je n'arrivais même pas à voir si Jesse s'en sortait mieux que moi. Chaque fois que je tournais la tête, je rencontrais un poing. J'étais comme aveugle. Mes yeux s'étaient remplis du sang qui provenait vraisemblablement d'une blessure au front. À moins qu'un des vaisseaux sanguins de ma rétine n'ait éclaté sous le choc. Je devais me contenter d'espérer que Jesse allait bien. Ce n'est pas comme s'il pouvait mourir. Pas comme moi. Je me répétais la même chose en boucle dans ma tête : *S'ils me tuent, au moins je saurai enfin où ils vont tous. Une fois qu'un mediator leur a botté l'arrière-train, bien sûr.*

Au cours de l'assaut lancé par Felicia et Carrie, j'ai trébuché sur quelque chose. Quelque chose de mou et de chaud. Je n'ai pas compris tout de suite ce que c'était – je ne voyais toujours pas –, jusqu'à ce qu'il grommelle mon nom.

— Suze...

Je n'ai pas immédiatement reconnu la voix. Ce n'est que lorsque je me suis rappelé que la gorge de Michael avait été comprimée que j'ai pigé d'où venait ce râle.

— Suze, a-t-il soufflé, qu'est-ce qui se passe ?

La terreur dans sa voix était palpable. Il était sans doute aussi effrayé que Josh, Carrie, Mark et Felicia lorsqu'il avait pilonné leur voiture. *Bien fait pour lui*, ai-je pensé tout en continuant à me concentrer pour esquiver les coups qui pleuvaient sur moi.

— Suze, arrête-les !

Comme si c'était possible. Comme si je contrôlais ce qui m'arrivait. Si je m'en sortais vivante – ce qui était mal barré –, les choses allaient changer. Pour commencer, je prendrais plus au sérieux mon entraînement de kick-boxing.

J'en étais à ce point de mes réflexions quand quelque chose s'est produit. Je vous l'ai précisé, je ne voyais rien.

Mais j'entendais. Et j'ai entendu le son le plus doux du monde.

Une sirène. La police ? les pompiers ? les secours ? Je n'aurais su dire. Mais elle s'est rapprochée, encore et encore, jusqu'à ce que, soudain, j'entende les pneus des véhicules crisser sur le gravier. Les coups se sont arrêtés, tout à coup, et je me suis effondrée sur Michael. Il m'a repoussée faiblement en grognant :

— Les flics. Dégage. Ce sont les flics. Je dois y aller.

Quelques instants plus tard, des mains me palpaient. Elles dégageaient de la chaleur. Des mains humaines.

Une voix d'homme s'est élevée :

— Ne vous en faites pas, mademoiselle, nous nous occupons de vous. Vous pouvez vous lever ?

Je me suis redressée, et des vagues de douleur ont traversé mon corps. J'avais tellement mal que… que j'en ai ri. Sérieusement. Parce que c'était drôle, d'une certaine façon, qu'une telle souffrance soit possible. Si je trinquais autant, c'est que j'avais quelque chose de cassé.

On m'a ensuite pressée contre quelque chose de doux, et on m'a demandé de m'allonger. Une nouvelle vague de douleur fulgurante m'a extirpé un faible gloussement. Une autre paire de mains s'est posée sur moi.

J'ai entendu une voix familière m'appeler comme à distance :

— Susannah. Susannah, c'est moi, le père Dominic. Tu m'entends, Susannah ?

J'ai ouvert les yeux. Quelqu'un avait épongé le sang. J'avais recouvré la vue.

J'étais allongée sur un brancard. Des lumières rouges et blanches clignotaient tout autour. Deux médecins s'occupaient de ma blessure au crâne.

Ce n'était pas la cause de la douleur, pourtant. La poitrine. Les côtes. J'en avais quelques-unes de fêlées. Je le sentais.

Le visage du père Dominic était penché au-dessus du mien. J'ai essayé de sourire, de parler, mais j'en étais incapable. J'avais trop mal à la lèvre pour la mouvoir.

— Gina m'a appelé, a-t-il expliqué pour répondre à mon regard interrogateur. Elle m'a dit que tu comptais rejoindre Michael. J'en ai déduit – d'après les propos qu'elle m'a rapportés – que tu l'amènerais ici. Oh, Susannah, si tu savais comme j'aurais préféré m'être trompé...

— Mmmm, a surenchéri l'un des toubibs. Il l'a pas mal amochée.

— Eh ! a lancé son collègue en souriant. Tu plaisantes ? Elle s'est très bien défendue. Tu as vu dans quel état il est ?

Michael. Ils parlaient de Michael. De qui d'autre ? Aucun d'entre eux – à l'exception du père Dominic – ne pouvait voir Jesse ou les Anges de Stevenson. Il n'y avait que Michael et moi, pour eux. Tous deux en piteux état. Ils étaient persuadés que nous nous étions battus. Quoi de plus logique ?

Jesse. À son souvenir, mon cœur s'est mis à battre la chamade dans ma poitrine en miettes. Où était-il ? J'ai relevé la tête pour le chercher parmi la mer d'officiers de police qui m'entourait. Est-ce qu'il allait bien ?

Le père Dominic a mal interprété ma panique. Il m'a dit, d'une voix caressante :

— Michael va s'en sortir. En dehors d'une blessure au larynx, il n'a que quelques bleus et éraflures. C'est tout.

Les médecins se sont redressés. Ils étaient prêts à m'installer dans l'ambulance.

— Ne te rabaisse pas, ma petite, m'a lancé l'un d'eux. Tu l'as bien esquinté. Il n'oubliera pas cette petite virée de sitôt, crois-moi.

— Surtout qu'il va passer du temps derrière les barreaux, a ajouté son partenaire avec un clin d'œil.

Quand ils ont soulevé le brancard, j'ai découvert que Michael était assis non pas, comme je le croyais, dans une ambulance, mais à l'arrière d'une voiture de police. Ses mains étaient menottées dans son dos. En dépit de sa blessure à la gorge, il était capable de parler. Son débit était même rapide et, à en croire l'expression de son visage, il évoquait des choses sérieuses. Son interlocuteur, en costume, était sans doute un officier de police. De temps à autre, il griffonnait sur un bloc-notes.

— Tu vois ? a repris le premier médecin en souriant. Il est intarissable. Tu ne risques pas de le croiser au lycée lundi. Ni même avant longtemps.

Michael était en train de se confesser ? Mais qu'avouait-il exactement ? Ce qu'il avait fait aux Anges ? À la Rambler ?

Et s'il se contentait d'expliquer au policier ce qui lui était arrivé ? Qu'il avait été assailli par une force invisible, incontrôlable – cette même force qui m'avait brisé les côtes, qui m'avait ouvert le crâne et la lèvre.

La réaction de l'officier ne semblait pas indiquer que Michael lui racontait quelque chose d'extraordinaire. Mais je sais d'expérience que les policiers restent placides quoi qu'on leur raconte.

Au moment où les portes de l'ambulance se refermaient, le père Dominic a crié :

— Ne t'inquiète pas, Susannah. Je préviens ta mère.

Laissez-moi vous dire que ces paroles m'ont tout sauf réconfortée.

Mais juste après la morphine a commencé à agir. Et soudain, plus rien ne m'inquiétait.

19

— Ce n'est pas comme ça que j'avais imaginé mes vacances de printemps.

J'ai levé le nez du *Cosmo* qu'elle m'avait apporté.

— Eh, Gina, je t'ai répété que j'étais désolée. Qu'est-ce que tu veux de plus ?

Elle a semblé surprise par ma véhémence.

— Je ne dis pas que je ne me suis pas *amusée*. Simplement, je ne me doutais pas que ce serait comme ça.

— Bien sûr, ai-je répliqué en posant le magazine. Ouais, c'est l'éclate de me rendre visite à l'hôpital.

Je ne pouvais pas parler très vite à cause des points de suture à la lèvre. Ni même articuler distinctement d'ailleurs. Je ne savais absolument pas quelle tête j'avais – ma mère avait interdit à tout le monde, y compris au personnel hospitalier, de me fournir un miroir, ce qui, bien entendu, me laissait penser que j'étais absolument monstrueuse. C'était sans doute, malgré tout, une mesure intelligente, vu ma réaction à la moindre éraflure de rien du tout. En tout cas, j'étais sûre d'une chose : je parlais comme une débile.

— Il n'y en a plus que pour quelques heures, m'a rassurée Gina. Ils attendent les résultats de ta deuxième IRM. Si elle ne révèle rien d'anormal, tu pourras sortir, on retournera sur la plage, et cette fois…

Elle a jeté un œil sur la porte de ma chambre individuelle pour s'assurer qu'elle était parfaitement close et qu'aucune oreille indiscrète ne traînait.

— Cette fois, pas de fantômes pour nous emmerder.

Sur ce point-là, elle avait raison à cent pour cent. L'arrestation de Michael avait, contre toute attente, apaisé les Anges. Ils auraient probablement préféré le voir mort, mais le père Dominic les a convaincus qu'un garçon sensible comme Michael aurait beaucoup de mal à supporter le système pénitentiaire californien, et ils ont oublié leur rage sanguinaire. Ils ont même demandé au père Dom de nous dire, à Jesse et à moi, qu'ils étaient sincèrement désolés de nous avoir battus à mort.

Pour ma part, je n'étais pas tout à fait disposée à leur pardonner. Même si le père Dom m'avait assuré qu'ils étaient partis pour leur destination finale – je ne sais toujours pas où ça se trouve – et qu'ils ne m'embêteraient plus.

Je ne connaissais pas l'opinion de Jesse sur la question. Il n'avait pas daigné nous honorer, le père Dom et moi, de sa présence depuis la nuit de notre bagarre avec les Anges. Il devait toujours être en pétard contre moi. Étant donné que j'étais la seule responsable de la situation, je pouvais difficilement le lui reprocher. Malgré tout, j'aurais préféré qu'il passe. Ne serait-ce que pour me crier dessus une nouvelle fois. Il me manquait. Plus que de raison, sans doute.

Si seulement cette fichue Madame Zara avait pu se tromper…

— Tu devrais entendre ce qu'ils racontent sur toi, au bahut.

Gina était perchée au pied de mon lit d'hôpital. Elle était déjà en maillot de bain. Elle avait simplement enfilé par-dessus une robe à imprimé léopard. Pas question de perdre une minute une fois que nous pourrions enfin aller à la plage.

— Ah ouais, ai-je dit en m'arrachant à mes pensées (ce qui n'était pas une mince affaire). Et qu'est-ce qu'ils disent ?

— Eh bien, ta copine Sissi écrit ce papier sur toi dans le journal du lycée… Elle insiste sur ton côté détective amateur ayant découvert les crimes atroces commis par Michael et l'ayant piégé pour le pousser à avouer…

— Idée qu'elle tient de toi, évidemment, l'ai-je interrompue assez sèchement.

Gina avait l'air innocent.

— Je ne vois pas de quoi tu parles. Adam t'a envoyé ça, a-t-elle dit en montrant un énorme bouquet de roses roses sur le rebord de la fenêtre, et d'après Jake M. Walden a initié une collecte pour t'offrir l'intégralité des romans de Nancy Drew. Apparemment, il est persuadé que tu es obsédée par les intrigues policières.

M. Walden avait raison : j'étais obsédée. Mais pas par les crimes.

— Oh, et ton beau-père envisage d'acheter une Mustang pour remplacer la Rambler.

J'ai fait une grimace et l'ai aussitôt regretté. C'était très douloureux avec ma lèvre, sans parler de mes points sur le crâne.

— Une Mustang ? Et comment on est censés tenir tous dedans ?

— Pas pour vous. Pour lui. Il vous file sa Land Rover.

Ah, voilà qui était plus logique.

— Et comment va...

Je voulais la questionner au sujet de Jesse. Après tout, elle partageait sa chambre avec lui – rien qu'avec lui, puisqu'ils m'avaient gardée en observation pour la nuit à l'hôpital. Mais elle n'en savait rien. Pour Jesse, je veux dire. Je ne lui avais toujours pas parlé de lui. Et maintenant, je n'avais plus vraiment de raisons de le faire. Vu qu'il avait disparu.

— Comment va Michael ? lui ai-je demandé à la place.

Aucun des autres visiteurs – ma mère et mon beau-père, Dormeur, Stone et Doc, Sissi et Adam, et même le père Dom – n'avait accepté de me répondre. Les médecins leur avaient suggéré que c'était un sujet douloureux dont je n'étais pas encore prête à discuter.

Si seulement. Vous voulez savoir ce qui est douloureux ? Je vais vous le dire, moi. Deux côtes cassées, accompagnées de la certitude que, pour les semaines à venir, il va falloir porter un maillot de bain une pièce sur la plage pour dissimuler les bleus.

— Michael ? a repris Gina en haussant les épaules. Tu avais raison. Il gardait bien des trucs dans son ordi. La police a obtenu un mandat et confisqué son PC. Il contenait tout : son journal, ses mails, un schéma du système de freinage de la Rambler. En prime, ils ont trouvé la clef qu'il avait utilisée. Tu sais, pour desserrer les rivets qui maintenaient le rail en place. Ils ont comparé les traces laissées sur la rambarde. Ils ont aussi analysé la pince avec laquelle il a sectionné les fils de la Rambler. Ils ont retrouvé du liquide de freinage sur les lames. Apparemment, il n'était pas très doué pour nettoyer derrière lui.

Apparemment.

Il a été arrêté pour quatre meurtres au premier degré – les Anges de Stevenson – et six tentatives d'assassinat : cinq pour ceux qui se trouvaient dans la Rambler lorsque les freins ont lâché et une pour le traitement que, d'après la police, Michael m'avait infligé au Belvédère.

Je ne les ai pas détrompés. C'est vrai, je n'allais pas me pointer et leur balancer : « Au fait, pour mes blessures, ce n'était pas Michael. Non, c'étaient les fantômes de ses victimes qui m'en voulaient parce que je les empêchais de tuer leur assassin. »

Autant les laisser croire que c'était à Michael que je devais mes deux côtes brisées et les quatorze points de suture sur la caboche… plus deux sur la lèvre. Après tout, il avait réellement tenté de me tuer. C'étaient les Anges qui l'avaient interrompu. À bien y réfléchir, ils m'avaient sauvé la vie.

C'est ça. Pour mieux pouvoir me tuer eux-mêmes.

— Écoute, continuait Gina. Ta punition – tu sais, pour être sortie en douce et être montée en voiture avec Michael alors que ta mère te l'avait expressément interdit – ne prend pas effet avant mon départ. Je propose que nous passions les quatre jours restants sur la plage. C'est vrai, tu ne peux pas aller en cours. Pas avec des côtes pétées. Tu serais incapable de t'asseoir. En revanche, tu peux parfaitement t'allonger sur une serviette. Je suis sûre que je saurai convaincre ta mère de te laisser faire ça.

— Ça me semble une bonne idée.

— Excell', tu veux dire !

Ça signifiait sans doute « excellente » en abrégé – elle

s'était mise à raccourcir les mots comme Dormeur, trop paresseux pour prononcer toutes les syllabes. Ainsi, pizza devenait « piz' », Gina, « Gi ». Elle avait plus de points communs avec mon demi-frère que je ne l'aurais imaginé.

— Je vais chercher un Coca Light, a-t-elle lancé en se laissant glisser de mon lit.

Elle a veillé à ne pas faire bouger le matelas : l'infirmière était déjà passée deux fois pour lui demander d'éviter ce genre de mouvement. Comme si je n'avais pas ingurgité assez de codéine pour chasser définitivement la douleur. Je ne sentirais sans doute rien si on me balançait un coffre-fort sur la cafetière.

— Tu en veux un ? a-t-elle demandé en marquant une pause devant la porte.

— Oui, merci. N'oublie pas…

— Je sais, je sais, a-t-elle lancé par-dessus son épaule alors qu'elle refermait le battant derrière elle. Une paille !

J'ai rajusté les oreillers dans mon dos et suis restée immobile, les yeux perdus dans le vague. On a tendance à être aussi expressif qu'un légume après avoir avalé autant de calmants.

Mon esprit, lui, était parfaitement concentré. Je repensais à ce que le père Dominic m'avait appris lors de sa visite, quelques heures plus tôt. Cruelle ironie du sort : le lendemain de l'arrestation de Michael, sa sœur, Lila, était sortie du coma.

Oh, elle ne s'était pas assise dans son lit pour réclamer un bol de céréales. Elle était toujours sacrément mal en point. D'après le père Dom, il lui faudrait des mois, voire des années, de rééducation pour retrouver la pleine possession de ses moyens – si elle les retrouvait jamais. Il faudrait beaucoup, beaucoup de temps avant qu'elle puisse à nouveau marcher, parler et même manger toute seule.

Mais elle était vivante. Vivante et consciente. Maigre lot de consolation pour la pauvre Mme Meducci, mais c'était déjà ça.

J'en étais là de mes réflexions sur les tours que nous joue la vie, lorsque j'ai entendu un bruissement. J'ai tourné la tête à temps pour apercevoir Jesse, qui était déjà en train de se dématérialiser.

— Oh non, tu n'as pas intérêt à te carapater, ai-je dit en me redressant – j'ai sacrément jonglé au passage, je tiens à le préciser. Tu restes là.

Il s'est approché, l'air penaud.

— Je croyais que tu dormais. Je pensais revenir plus tard.

— Menteur. Tu as vu que j'étais *réveillée* et tu pensais revenir plus tard, quand tu serais *sûr* que je dormirais.

Je n'arrivais pas à le croire. Je n'arrivais pas à croire que je l'avais pris sur le fait. C'était bien plus douloureux que mes côtes.

— Alors, tu me rends visite seulement quand je suis inconsciente, maintenant ? C'est ça ?

— Tu viens de traverser une épreuve, a-t-il répondu. À la maison, j'ai entendu ta mère dire à tout le monde qu'il ne fallait rien faire pour te contrarier.

Il avait l'air plus embarrassé que jamais.

— Te voir ne risque pas de me contrarier, ai-je répliqué.

Il m'avait blessée. Pour de bon. C'est vrai, je savais qu'il était en colère contre moi, mais au point de ne même plus vouloir me *parler*…

C'était sacrément rude.

La peine devait se lire sur mon visage car, lorsqu'il s'est mis à parler, c'était de la voix la plus douce que je lui aie jamais entendue.

— Susannah, je…

— Non, l'ai-je interrompu. Laisse-moi parler en premier. Jesse, je suis désolée. Je suis désolée pour hier soir. C'était entièrement ma faute. Je n'en reviens pas d'avoir été aussi idiote. Et je ne me pardonnerai jamais, jamais, jamais de t'avoir entraîné là-dedans.

— Susannah…

— Je suis le plus mauvais des mediators, ai-je poursuivi. (Maintenant que j'avais ouvert les vannes, impossible de m'arrêter.) Le plus mauvais que la Terre ait jamais porté. Je devrais être radiée de l'ordre des mediators. Sérieusement. Et je comprendrais que tu n'acceptes plus jamais de me parler. Seulement…

J'ai levé les yeux vers lui, même si je savais qu'ils étaient remplis de larmes. Cette fois-ci, je n'avais pas honte de les lui montrer.

— J'aimerais juste que tu comprennes : il a essayé de tuer ma famille. Je ne pouvais pas rester les bras croisés, tu vois ?

Jesse a alors fait quelque chose d'inédit. Je doute qu'il le refasse jamais, d'ailleurs.

C'est arrivé si vite que je n'étais même pas sûre, après coup, que ça se soit réellement produit.

Enfin, je suis quasiment certaine qu'il m'a caressé la joue.

C'est tout. Désolée si vous êtes déçus. Une simple caresse sur la joue, sans doute la seule partie de mon visage qui n'était pas éraflée ou cassée.

Il m'avait touchée du dos de la main, avec tendresse.

— Oui, *querida*, je comprends.

Mon cœur s'est mis à battre si fort que je suis persuadée qu'il pouvait l'entendre. Je n'ai sans doute pas besoin de préciser que mes côtes me faisaient horriblement mal. Chaque pulsation semblait envoyer mon cœur cogner contre elles.

— La seule raison pour laquelle je me suis mis dans une telle rage, c'est que je ne voulais pas te voir dans cet état.

Il a accompagné ces derniers mots d'un geste en direction de mon visage. Je devais vraiment avoir une sale tronche.

Mais je m'en fichais. Il m'avait caressé la joue. Son geste avait été doux et étonnamment consistant pour un fantôme.

Est-ce que je suis ridicule d'être tourneboulée par un geste aussi insignifiant ?

Comme une idiote, j'ai répondu :

— Je vais bien. Je n'aurai même pas besoin de chirurgie esthétique.

Comme si un gars né en 1830 avait déjà entendu parler de chirurgie esthétique ! J'ai vraiment le chic, parfois, pour casser l'ambiance.

Pourtant, Jesse ne s'est pas enfui. Il m'a considérée comme s'il voulait ajouter quelque chose. J'étais toute disposée à le laisser parler, surtout s'il m'appelait encore *querida*.

Seulement, il n'a pas ouvert la bouche. Parce qu'à ce moment-là Gina a déboulé dans la chambre avec deux canettes de Coca.

— Devine ! a-t-elle lancé, alors que la silhouette de Jesse vacillait avant de disparaître avec un sourire. Je suis tombée sur ta mère dans le couloir, et elle m'a demandé de te dire que ta deuxième IRM était absolument normale. Tu peux te préparer à rentrer chez toi ! Elle est en train de s'occuper de la paperasse. C'est pas génial, ça ?

Je lui ai souri, même si ça faisait mal.

— Super.

Elle m'a regardée d'un air étonné.

— Qu'est-ce qui te rend si heureuse ?

J'ai continué à lui sourire.

— Tu viens de m'annoncer que je pouvais rentrer à la maison.

— Ouais, mais tu avais l'air heureuse avant ça… Suze, qu'est-ce qui se passe ? Raconte !

— Oh, ai-je dit, un sourire indécollable aux lèvres, rien du tout.

Composition MCP - *Groupe JOUVE* - 45770 Saran
N° 314381E

« Pour l'éditeur, le principe est d'utiliser des papiers composés de fibres naturelles, renouvelables, recyclables et fabriquées à partir de bois issus de forêts qui adoptent un système d'aménagement durable. En outre, l'éditeur attend de ses fournisseurs de papier qu'ils s'inscrivent dans une démarche de certification environnementale reconnue. »

Imprimé en Espagne par Rodesa
20.16.1344.9/01 - ISBN : 978-2-01-201344-5

Loi n° 49-956 du 16 juillet 1949 sur les publications destinées à la jeunesse.

Dépot légal : septembre 2008